「ねえ私を――
〝普通の女の子〟に
してくれないかな」
隣の席の
元アイドルは、
俺のプロデュースが
ないと生きて
けない
JN054200

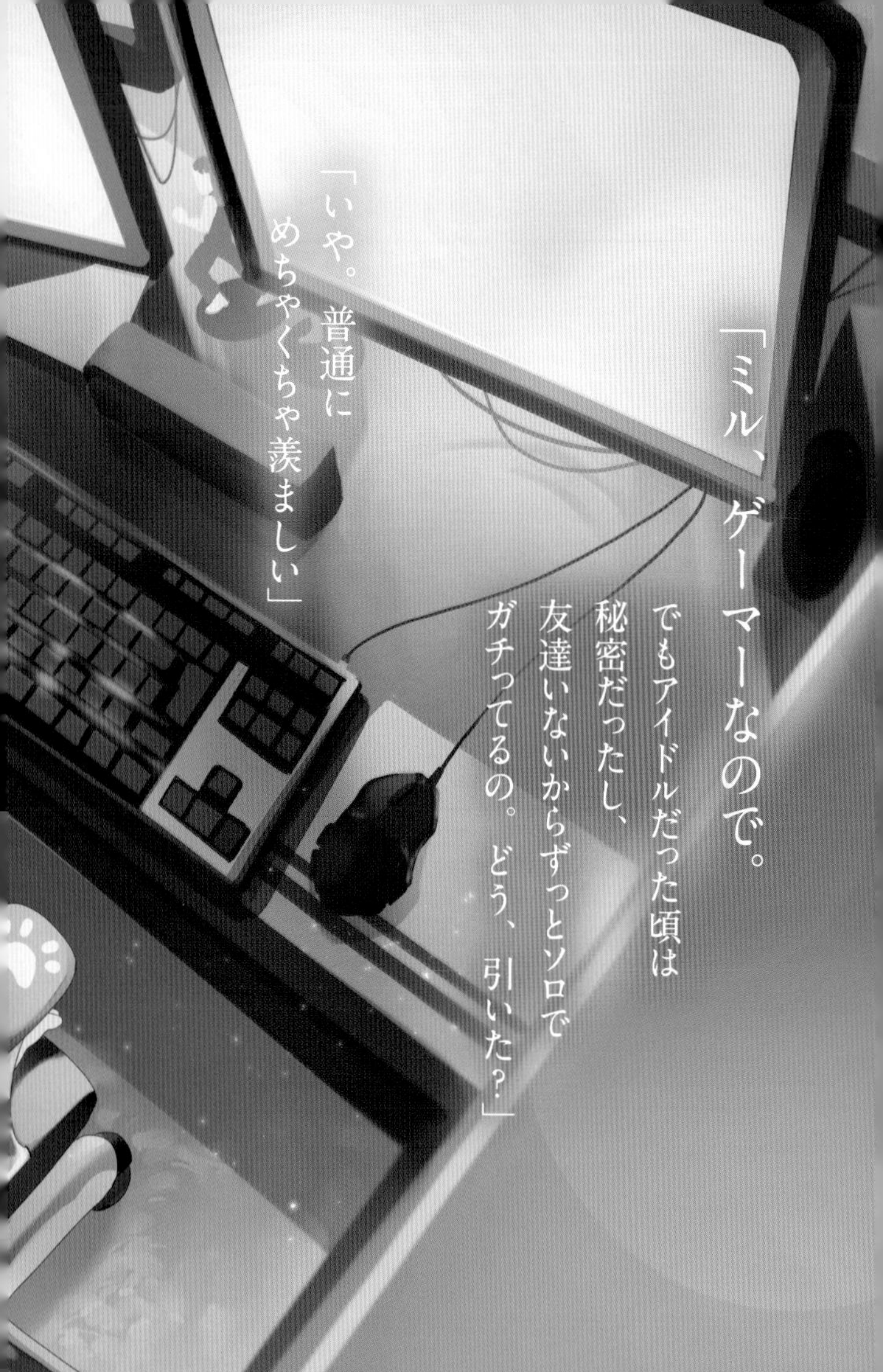
「ミル、ゲーマーなので。
でもアイドルだった頃は
秘密だったし、
友達いないからずっとソロで
ガチってるの。どう、引いた？」
「いや。普通に
めちゃくちゃ羨ましい」

「そっか。君はそういうやつだった……」
香澄ミル
元アイドル
大人気アイドルグループ·Cider
×Ciderの「元」センター。
芸能人としては天才的だったが、
日常生活への適応力はゼロ。

「ごめんなさい！
前の仕事が長引いちゃって
遅れちゃった」
白樺冬華
現役アイドル
アイドルグループCider×Ciderの
人気メンバーで、蓮とは幼馴染。
ミルの世話を蓮に託す。

「いいですか、本来みるふぃーは
我々のような下界のものが
関わっていいわけがないんですよ、
分かります？」
久遠琴乃
隠れアイドルオタク
蓮のクラスメイトで、中学も同じ。
クラスでは模範的な優等生だが、
実は重度のアイドルファン。

香澄ミル

Miru Kasumi

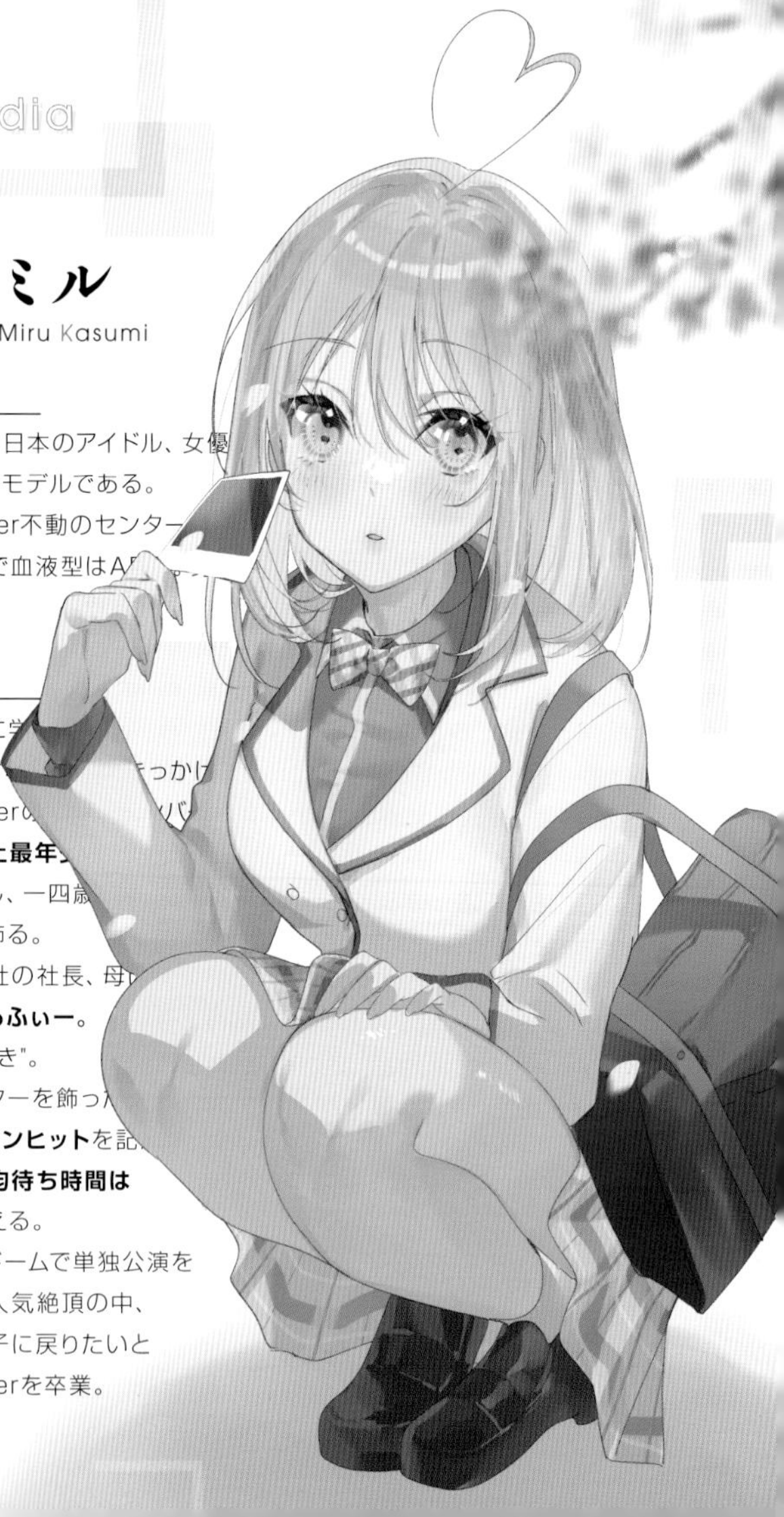

概要

香澄ミルは、日本のアイドル、女優
ファッションモデルである。
Cider×Cider不動のセンター
現在一六歳で血液型はA
一五三cm。

来歴

一二歳の時に学
にスカウトさ　っかけ
Cider×Ciderの
一三歳で史上最年
選抜入りをし、一四歳
センターを飾る。
父は服飾会社の社長、母
あだ名はみるふぃー。
口癖は"大好き"。
彼女がセンターを飾った
どれもミリオンヒットを記
握手会の**平均待ち時間は**
七時間を超える。
しかし東京ドームで単独公演を
成功させた人気絶頂の中、
普通の女の子に戻りたいと
Cider×Ciderを卒業。

隣の席の元アイドルは、俺のプロデュースがないと生きていけない

飴月

ファンタジア文庫

3198

口絵・本文イラスト　美和野らぐ

CONTENTS

一・私の『残り』全部あげる

――ずっと、何かを探している。

夢中になれるような何かを。

必死になれるような何かを。

全部を捧げてもいいと思えるほど、好きで好きでたまらないものを。


「あれ、蓮じゃん。何してんの？」

三月ももう終わり。春特有の暖かくて眠たくなるような日差しの中、桜の花びらに降られながら近所のコンビニへ行くと、見慣れた顔に声をかけられた。

ギリギリ地毛で通るぐらいの明るい髪色。去年同じクラスだった田所だ。

バスケ部のジャージを着ているところを見ると、部活帰りなのだろう。

家が高校の近所だと、こういうことは一度や二度ではない。

「あーー、アイスでも買おうかと思って。そっちは？」

口を開いた田所の声を遮るように、聞き覚えのある声が響いた。

「田所〜っ！　買い出し遅……え⁉　蓮くんじゃん！」

「なになに、カラオケ会のスペシャルゲストって感じ？　蓮を呼ぶとか見直した！」

「違うって、蓮は今ばったり会っただけ」

田所に続くようにコンビニに入ってきた男子一名、女子三名の全員に見覚えがある。というか、去年のクラスの派手なイツメンメンバー勢揃い（せいぞろい）といった感じだった。

「今からカラオケ？」

「そ。今日はオールでやるぞ〜って盛り上がってんの」

「最初は春休みの課題やるはずだったんだけどねぇ、そんなのやってらんないよね！」

「このバカ達に何か言ってやってよ、蓮くん。どうせ終わってるんでしょ〜？」

「……まぁ終わったけど」

「はぁ⁉　昨日は俺とバスケしてたじゃん！　いつやってんだよ⁉」

時間の流れが平等じゃない、と田所。そんな田所をポカリと殴ったのは、この中でもまだ真面目っぽい舞菜（まいな）だ。

他の面々がバレないレベルで髪を染めているのに対し、舞菜はまだインナーカラーを入れた髪をお団子にまとめて上手く隠して登校してるし。……いや、ちゃんとギャルだわ。

「流石学年一〇位以内の優等生は違うね～！　同じバスケ部でも田所とは大違い……」

「いや俺は帰宅部だけど」

「そうそう、助っ人で呼んでんの。蓮って、何のスポーツでも大体出来るから運動部で重宝されてるんだよな。これからも頼りにしてます！」

「頼る気満々で笑う。まぁどっちでもいいんだけど。そうだ！　ねぇ、蓮くん、この後ひま？」

…………嫌な予感がしてきた。

まさか、またカラオケ代は奢るから勉強教えろとか言い出すんじゃないだろうな。

それも嫌なわけではないが、今日の俺のプランは、日向ぼっこをしながら購入した新作アイスを頬張る、にさっき確定したのだ。

「いや、俺はもう多忙で多忙で……遊びたいのは山々なんだけど、この後用事がありまして」

「ダウト。はい、連行です」

「よっしゃ！　参戦決定ね」

「さんせーい。蓮くん、絶対歌上手い」

なんなんだこの団結力‼

助けてくれ、とまだ話が通じそうな舞菜に視線を向けるも笑顔で首を横に振られた。

そんな……。気分はドナドナの子牛である。

「あっ、そういやウチ、推しのライブのチケット発券したいんだった。ちょっと待っててくれない？」

「おけ。舞菜、ほんとにその子好きだよね～」

「何だっけそれ、ゲーム？」

「ちっがーう！　Ｖｔｕｂｅｒ‼　蓮には配信見せたことあるでしょ？」

舞菜の、ラメで縁取られた大きな目が、きゅるりとこちらを向いた。

ヤバい、全然出てこない。舞菜に布教されたモノが多すぎて思い当たりがありすぎる。

「……絵描きしりとりする配信の子？」

「あーもうっ。それだけじゃないし！　あれはリスナーとの掛け合いが醍醐味なの！　もーー、蓮って何勧めてもハマってくんないからつまんなーい」

「そっちがひっきりなしに布教してくるからだろ」

「違うし。蓮が何勧めてもハマらないからだし」

「そうそう。あんなに勧めてんのに、バスケ部にも入らねーんだもんな」

その二人の何気ない言葉に、ドクン、と心臓が跳ねた。

「Ｖｔｕｂｅｒはねー、いいよ。いい。何より供給が多い……！」

「バスケもいいぞ、バスケも。ただ春合宿だけめんどくさいんだよな～。それなら課題免除してくれても良くないかっていう……」

全員に、分からない、といった顔をされながらＶｔｕｂｅｒの良さを語る舞菜はとても幸せそうで、バスケ部の春合宿について愚痴る田所も何だかんだ言いつつ絶対楽しそうな写真をＳＮＳに載せるのだろう。

「そんなこと言ったらウチだって部活の大会あるから練習すごくてさ」

「春休み短いよな。ま、来週からスノボ三昧するからいいんだけど」

「え、スノボ行くの！　何それウチらも連れてけよ！」

「そうだそうだー！　俺なんてみるふぃーがサイ×サイ卒業しちゃってから心の傷が癒えてないんだからな！　優しくしろー！」

「あーー。あの超かわいいセンターの子ね」

「いやその子が卒業したの半年前でしょ。いつまでも優しく出来るかっての」

「舞菜、辛辣～！」

春休みの予定について話し出した友人たち。

それに反比例するように心がスプーンで掻き回されているみたいな変な感覚に陥る。

俺は、俺も――――。

「どしたの、蓮。急に黙り込んで」

「いや。なんでもない。賑やかだなって思ってさ」

そう。それだけだ。ただ、ずっと何かが足りないような気がしているだけ。

友人たちの満ちていく日常に比べ、いつまでも俺の日常は八十点のまま。

波がない分、達成感も、充足感もない。

俺は誤魔化すようにスマホに視線を落とし、『フユねぇ』からの不在着信とＬＩＭＥ通知がきていたことに気がついた。

時間はちょうど五分前。内容は今から電話出来ないか、とのことだ。いつもはこんなに急に連絡が来ることはないから、おそらく急ぎなのだろう。

「あっ、ごめん。今マジで予定入っちゃって、カラオケ行けそうにないわ」

「えーー、まじ？」

「てか蓮、やっぱさっきの用事ある発言は嘘ってことじゃん‼」

「あはは……ってことでまた今度！」

「やーだーー。あー、もう俺、蓮いないとやる気出ない」

「ウチもーー！」

「ごめんってば」

田所に縋り付かれたので、この通り、と手を合わせると渋々離してくれた。

野郎に抱きつかれてもちっとも嬉しくないので、早く離してくれて幸いである。

「仕方ないなぁ。じゃ、また今度誘うね」

「おう、待ってる！」

「ＬＩＭＥしたら五秒で返せよ」

「それはカレカノなのよ」

「しかもバカップルの方な？」

俺は賑やかな田所達に手を振り、コンビニを後にして、家路を急ぎながらフユねぇに電話をかけ直した。

「もしもし？」

『もしもし〜。久しぶりだねぇ、蓮たん』

「フユねぇ……！　恥ずかしいからその呼び方やめろってば‼」

『えーー？　昔はかわいかったのに、蓮ってばすっかり変わっちゃってぇ』

電話越しにクスクスと笑っている、フユねぇこと白樺冬華は、二つ上の俺の幼馴染である。

少し天然でおっとりしているフユねぇは面倒見がよく、俺の両親が共働きでなかなか家にいなかったこともあって、昔からよく遊んでくれた実の姉みたいな存在だ。

今は家を出て東京に住んでいるフユねぇだったが、一年に何回かは帰ってくるし、他愛ないことをＬＩＭＥで連絡しあうぐらいには今でも仲が良い。

『今ね、急に仕事が休みになって、丸ごと一日休みを貰えちゃったからそっちに帰ってる途中なの。そろそろ着くんだけど、今何してる？　もし良ければ今から会いたいな』

「ちょうど暇してたから、全然大丈夫。……それにしてもフユねぇが事前連絡くれるなんて珍しいな」

ショッピングモールといったらワオンしかないようなこの街だが、交通の便だけはよく、東京からでも三十分ほどで着く。

それもあってか、いつもサプライズ里帰りばかりしてくるフユねぇが、わざわざ電話をかけてくるのは珍しい。

『あら、バレちゃった？　実は蓮に頼みたいことがあってね』

「待って、嫌な予感する」

『待ちません。実は蓮と同い年の私の友達がね、アイドルを辞めて、この春から蓮の学校に転校することになったの。ほら、蓮の学校って芸能コースもあるから編入しやすいでしょ？　でもその子ね、小さい頃からアイドルやってるから浮世離れしてるとこが多くて。だから、クラスに馴染めるように助けてあげて欲しいのよ』

「はぁ⁉」

この電話の相手が田所であれば、変な悪戯はやめろ、の一言で片付く話なのだが。

なんとフユねぇは国民的アイドルグループ、『cider × cider』の一員なのだ。

バリバリの現役アイドルの言葉なのだから、信憑性がありすぎて疑う余地もない。

最初こそ小さなオーディションから始まった cider × cider ことサイ×サイだったが、デビューから四年経った今となっては、知らない人がいないほどの大人気グループである。

人気投票で選抜されたメンバーが作り上げる楽曲は、キャッチーな歌詞と振付からオリコンチャート連続首位の座をキープし続けている人気っぷり。

しかもフユねぇは、ずっと選抜され続けている人気メンバーだ。

正直、昔からとんでもない美人だとは思っていたが、高校一年生の冬にオーディションを受けてアイドルになってしまった彼女は、一九歳になった今でも現役アイドルとして活動中である。

オーディションに受かったと報告された時は、もう手が届かない存在になってしまうのだろうと覚悟を決めていたのだが、頻度こそ減ったもののよくこちらへ帰ってくるフユねぇは全く変わることなく、今でも何かと世話を焼いてくれる。

そのため、俺が頼ることはあってもフユねぇの方から何か頼まれることは珍しく、そんなフユねぇから頼まれたからには出来る限り力になりたいのだが……。

「ごめん、ムリ」

『えーー⁉　どうして⁉』

「よく考えてみろよ。そんなめんどくさいこと引き受けたら秒で俺の高校生活終わるわ！」

アイドルとお近づきになりたい感情と、めんどくささを天秤（てんびん）にかけて、余裕でめんどくささが勝った。こちとら、アイドルはもうフユねぇで間に合っているのだ。

人気メンバーなのか研修生レベルなのかも知らないが、そんなの引き受けたらどう考えたって俺の平穏な高校生活が終わる。

アイドルもろとも注目されて、自由なんてあったものじゃない。

『ひどい。大事な幼馴染のお願いをめんどくさいって言うなんて。お姉さん泣いちゃうから！　あーあ。そんな冷たい子に育てた覚えはないのにぃ』

「育てられた覚えはちゃんとあるけどさ、俺は平穏な高校生活を捨てたくないの！　俺みたいなやつがアイドルと知り合いなんてバレたら袋叩きにされるんだよ！」

『もう。なんでそんなに自己肯定感低いこと言うの！　蓮はカッコいいよ‼』

「幼馴染のひいき目やめろ！」

　これだから幼馴染バカは…………。

　まぁ褒められて悪い気はしないでもないが、それとこれとは別問題だ。

　幼馴染の不甲斐なさを嘆いてくれ、と自分のことを完全に棚に上げた発言をしようとすると、それを遮るようにフユねぇが言葉を続けた。

『……いいの？　このお願いを引き受けてくれたら、蓮が前に欲しいけど高すぎて買えないって言ってたカメラ買ってあげるつもりだったのに』

「えっ、マジ⁉」

『マジです。ふふ、人気アイドルのお給料をなめてもらっちゃ困るわ？』

「そ、そりゃフユねぇなら余裕で買えるだろうけど。俺もう高二なんだよ。そんな簡単に物で釣られる年じゃな……」

『まずは会うだけでもいいから。お願いよ。私を、助けると思って』

　切実な声だった。

　フユねぇが、俺を頼っている。あの、小さい頃から何でも出来たフユねぇが。

俺をいつも助けてくれた、フユねぇが？

「……分かったよ。じゃあ、会うだけなら」

思わずそう言ってしまったのは、きっとカメラ云々よりも、ただフユねぇに頼られたことが嬉しかったからなのだろう。

とんでもない決断をしてしまったと思いつつも、どこかポカポカした気持ちが胸に灯る。

『ありがとう～！　じゃあ今から時間ある？　今、その子連れてそっちに戻ってるから準備しといてちょうだいね』

「最初から俺が会うって言う前提かよ……」

『だって蓮のこと信じてたもの！』

フユねぇはそう言うと、ピッと通話を切った。全く勝手なものだ。

「……はぁ」

俺は溜息を吐き、袋の中のアイスがまだ冷たいことを確認して、階段を登った。

この階段の上には、街が一望出来る高台の公園がある。

しかも今の季節は見事な桜が咲き誇っているはずなのだ。

こうなった以上早く帰ってフユねぇを待つべきだということは分かっているが、このまだと帰る頃にはアイスは溶けてるだろうし、俺は最初からここでアイスを食べる予定だったし、と心の中で言い訳をして階段を登りきる。

「………今年も綺麗だな」

ピンク色、なんて簡単な言葉では表現出来ないような、繊細な色を重ねた八重桜。

昔からあるのだろうと一目で分かるような大きな桜の木は、小さな公園を覆うように今年も咲き誇っていた。

桜の鮮やかなピンクに、青空に、白い雲。見事なコントラストを切り取るように、両手の人差し指と親指で四角形を作った。よし、出来た。

簡単・指フレームの完成である。

そしてそのまま振り返って――。

「っ………」

息が、止まるかと思った。

身体が思うように動かなくなって、手からコンビニの袋が滑り落ちる。

指フレームの中には、大きな桜の木の前に佇んでいる一人の女の子が写っていた。

目が覚めるように鮮やかな桜色の髪に、宝石のような翡翠色の瞳。驚くほど小さな顔。しなやかな手足。陶器のように白い肌。どんな服も着こなしてしまうような抜群のスタイル。

まるで映画のワンシーンのようにこちらを見つめる美少女は、肩までのサラサラした髪を揺らして舞い落ちてきた桜の花びらを払った。

その儚さに見惚れて、身体がいうことをきかない。

「……あの、何か？」

ずっと指でフレームを作ったまま自分を見つめてくる俺を不審に思ったのだろう。

華奢な肩を傾け、こてん、と首を傾げる彼女。

「あっ、いえ、その、ここからの景色がすごく綺麗で。癖なんです、綺麗な景色を見たらこうしちゃうの」

桜と美少女をずっと切り取っていたかった、と名残惜しく思いつつ、俺は手を下ろしてコンビニの袋を拾った。

「そうですか。ミルはてっきり……あ。なんでもない、です」

そう言って、こちらへ寄ってきた彼女は街を見下ろして、確かにすごく綺麗、と呟いた。

その独り言とも取れるような言葉に何を返していいか分からず、吸い込まれそうな翡翠色の瞳から目を逸らすように俺も同じ方向を見つめる。

そよそよと髪を揺らす春風が気持ちいい。

「好きなんですか？」

「っえ」

「ここからの景色」

心臓に‼　悪い‼　ベタなやつなのに美少女がやると破壊力が違う‼

あーー、怖。見惚れてたのがバレたのかと思った。

「……好きです。心がスッキリするので」

「ふぅん。私も好き」

あざとい‼　そしてＨＰの削られ方が尋常ではない。

「センス、いいですね。私もまた来よっと」

彼女は俺をマネするように指でフレームを作り、素敵、と口角を上げた。

本人にはそんなつもりはないのかもしれないが、ふとした瞬間の仕草や言動がまるでアニメの女の子のように、それでいてわざとらしくない、完璧なあざとさを持っている。

それにしてもこの女の子、どこかで見たことがあるような気が――――？

「……この辺に住んでる人なんですか？」

「え」

「ここを紹介してくれた人が、地元の穴場スポットで平日の昼間はほとんど人がいないって言ってたから」

「あーー、確かに。俺も幼馴染に教えてもらわなかったら、こんな急な階段登った上に綺麗な桜があるなんて気づきませんでしたし」

ここは、小さい頃にフユねぇが大発見をしたといって連れてきてくれた場所なのだ。

「……あなたは、その、最近引っ越してきたんですか?」

「はい。この春から、この街の高校に転入することになったので。今は案内役の人を待ってるところなんです」

「やっぱり」

こんなに綺麗な子が住んでいて、噂にならないわけがない。

そういう意味のやっぱり、だったのだが、彼女は何かを警戒するように顔を顰めた。

「……やっぱり?」

「いや。ただ、芸能人みたいだから目立つだろうなと思って」

「ふふ。なるほど?」

彼女はそう言って、クスクスと笑った。

やっぱりどこかで見たことがあるような気がする。俺は必死に記憶を引っ張り出そうとして、バシバシと彼女に見えないところで背中を殴り、あと少しで出てきそうなのに――。

『俺なんてみるふぃーがサイ×サイ卒業しちゃった心の傷が癒えてないんだからな!』

「あ」

コンビニで田所が言っていた言葉が頭の中を過る。

そうだ！　みるふぃーだ‼

やけに既視感を感じたのは、毎日のように、田所に写真を見せられていたからだろう。

こんなに目立つ美少女の顔を忘れるわけがないのに、どうして俺は思い出せなかったのだろう、と考えて。

記憶の中のみるふぃーといえば、綺麗に結った長いツインテールの印象しかなかったから、すぐに結びつかなかったのだろう、という結論が出た。

「あれ？　私、蓮に一回ここに寄って桜見ることにしたって話までしたかしら？」

腰まで伸びた艶やかな銀髪に、大きな深い青色の目。スラリと細い身体なのに出るところはしっかり出ている神体型でグラビアにも引っ張りだこだという、そのスタイルを活かすようなピッタリした黒のワンピースを身に纏って、息をきらしながら階段を登ってくる、綺麗なお姉さん代表のような彼女は。

「フユ、ねぇ？」

ふにゃり、と微笑んで俺に手を振った。

「はーい。蓮、久しぶり」

その様子をパチパチと星屑が詰まっていそうなほどキラキラした目で眺めていたその美少女は、納得がいったように口を開いた。

「あぁ、君だったんだ」

そして、俺にスッと片手を差し出してくる。

「初めまして、柏木蓮くん！　私は香澄ミル。君はみるふぃーの方が聞き覚えあるかもだけど」

繋いだ手から、バチバチと電流が流れて痺れるような変な感じがした。

「これからよろしくね？」

香澄ミル。半年前に芸能界を電撃引退した、cider × cider の元センターである。

「**cider × cider** 不動のセンター、香澄ミルとは。東京都出身。現在一六歳で血液型はAB型。身長は一五三ｃｍ。三歳で芸能界入り。五歳でＣＭデビューを果たし、子役として活躍。一二歳の時に学校帰りにスカウトされたことがきっかけで cider × cider の二期生メンバーとなる。一三歳の時にサイ×サイ**史上最年少**での選抜入りをし、一**四歳で初センター**を飾る。父は服飾会社の社長、母は元女優の香澄ユリ。あだ名はみるふぃー。口癖は

〝大好き〟。彼女がセンターを飾った曲は**どれもミリオンヒット**を記録した。握手会の**平均待ち時間は七時間**を超える。しかし東京ドームで単独公演を成功させた人気絶頂の中、普通の女の子に戻りたいと cider × cider を卒業………」

ネットで検索した文章を読み上げただけで喉が渇いた。すごいな、みるふぃー。

「おーー、すごい。最近の Sukipedia ってそんなことまで書いてあるんだね〜。流石は『スキ』を詰め込んだネット辞典。あ、冬華さんのページもあるかな？」

「こら。楽しくならないの」

右にフユねぇ、左にみるふぃー。

全国のサイ×サイファンに見つかったら殺されそうな現場からこんにちは、柏木蓮です。と、ふざけている場合ではないのである。

あれからフユねぇの家まで移動した俺は、フユねぇとみるふぃーからリビングで詳しい話を聞いていた。

「みるふぃーはねぇ、今読み上げてもらったみたいに小さい頃からアイドルしかやってこなかったから、まともに学校に通ったことがなくて。でも、アイドルを辞めてからこの半年間、こう見えて必死に頑張ったのよ」

「はぁ……」

「地頭はいいから勉強の方はどうにかなったんだけど、どうにも一般常識の方が……ね？」

「むーー、ミル出来ますもん。相当、普通の女の子に近づいてきてますもん。ね、蓮くんもミルのこと見ててそう思ったよね？」

「いや、全くもって」

「ウソでしょっ⁉」

話すたびにサラサラと揺れる髪、大袈裟(おおげさ)なリアクション、お芝居でも見ているようにクルクル変わる豊かな表情。

それらはアイドルとして重要なスキルなのだろう。それは理解出来るが、このように普通の日常に落とし込んだ時の浮き具合がすごい。

小さい頃から見慣れているはずの、フユねぇの家のリビングに、みるふぃーがいるだけでとんでもない違和感がある。まるで日常から阻害されているような美貌だった。

なんていうか、こう、みるふぃーの周りだけスポットライトが当たっているような、花が舞っているような状態になっている。

さっきは、背景が桜だったから、あんなに映えていたのだと思ったが、どうやらそういうわけでもないらしい。

　彼女自身が『映えている』。

　どこにいても、何をしていても、小首を傾げる仕草でさえ、強烈に惹きつけられるのだ。

「ほら。朱に交われば赤くなる、みたいに、人間って適応する生き物でしょ？　だから、とりあえず編入試験を受けて、白月学園に編入することになったの。みるふぃーも芸能コースのある学校ならまだ馴染めるかと思って。あと、蓮もいるって知ってたし」

「最初から俺のことあてにしてたのかよ……」

「ふふ。だって、私の知る限りでみるふぃーのアイドル力に真顔で対応出来そうなの蓮だけだったんだもの。実際、さっきの公園でも照れずに話せてたじゃない？　普通だったら緊張であんな風に話せないはずよ？」

　それはフユねぇに幼少期から散々絡まれて耐性がついているからであり、照れていないわけではないのだが。

　つまり、俺はこれからそうなったクラスメイトの防波堤として使われると？

「それに、私も信頼してる蓮がみるふぃーの近くにいてくれたら安心するから。クラスに馴染めるように、少しでも普通の女の子に近づくように助けてあげて欲しいの」

　よし、断ろう。

　俺はそう心に決めた。

フユねぇに頼られて、嬉しくなって、とりあえず会う判断をしたのがバカだったんだ。

これはもう無理だろ。こんな、アイドルになるために生まれてきたみたいな女の子を普通の女の子にするなんて、頑張ってどうにかなる範囲を超えている。

これはもう手に余るというか、そもそも俺に抱えられる案件じゃない。

「あの、大変申し訳ありませんがこの件はお断りさせていただきたく……」

恐る恐る申し出た俺に、フユねぇは笑顔でスマホを見せてきた。

「……なんですか、これ」

「蓮が欲しがってたカメラの発注済み画面です♡」

「会うだけで買ってくれるって話だったよな⁉」

「そんな上手い話はこの世にないのですよ、蓮くん」

「現役アイドル、汚ねぇな⁉」

「なんとでも言ってちょうだい」

まさかあのフユねぇがこんな方法に出てくるとは……。

「そもそも友達のアイドルとか言っといて元センターもってくるのは反則だろ‼」

「だって最初から相手がみるふぃーだって言ったら会ってさえくれなかったでしょ？」

「当たり前だよ！」

マジで電話で安請け合いしなくて良かった。

今すぐお金を払って返す、というのは無理だ。親に借金してもいいがあとが怖い。

いっそこの場から逃げてしまおうか。

俺が必死で逃げ道を探していると、ずっと俺たちの会話を大人しく聞いていたみるふぃーが躊躇(ためら)いがちに口を開いた。

「冬華さん。私、ちょっと蓮くんと二人で話してもいいかな？」

「いいけど……どうして？」

「やっぱり自分自身で説得したいと思って。ずっと冬華さんにお世話になりっぱなしだし、こんなのじゃ彼も納得しないと思うから」

どうやら案外常識的らしい。

「確かに、その方がいいわよね。蓮もそれでいい？」

フユねぇの視線にこくりと頷(うなず)くと、フユねぇはスッと立ち上がってドアの方へ歩いて行った。

「じゃあ、私は一旦隣の部屋にいくから、話終わったら電話してちょうだい」

「分かった」

フユねぇが部屋を移ると聞いて一瞬不安な顔をしたみるふぃーだったが、わざわざ電話しなくても叫べば余裕で飛んでこられるぐらいの壁の薄さだと伝えると、途端にほっとした顔をした。

「あ。今、知らない人と二人きりなんて握手会とかで慣れてるだろって思ったでしょ」

なぜバレた。

サイ×サイの握手会文化は有名だ。

CDを買うと一人当たり数秒間、直接推しと話せる握手券がついてくるのである。

一番人気のセンターともなれば、一日何千人もの知らない人と話して握手することもあっただろうに。

みるふぃーは、図星をつかれた顔をしているであろう俺を見てクスクス笑い、言葉を続けた。

「実は私ね、こうやって男の子と二人きりになるの、生まれて初めてなの」

「……え?」

「握手会は基本警備の人がいたし、すぐ隣のブースにはメンバーもいたし。プライベートはスキャンダルが出ないように気をつけてたから、打ち上げとかでも二人きりになったことがなくて」

「それは、すごいな」

「ふふ。だから今、結構緊張してるんだ」

みるふぃーは、ほら、と言わんばかりに両手でほんのり色づいた頰を包み、頰杖(ほおづえ)をついた。

もし俺にアイドル耐性がなければ理性が弾(はじ)け飛んでいたところである。

バク、バクと心臓がうるさいぐらいに音を立て始めた。

え、なんだ、このあざとい生き物。

「…………そうか」

「お。今ので真っ赤にならない人、初めてかも」

「なっ⁉」

「あはは。今話したことは嘘じゃないんだけどね。握手会とかで話してて、君みたいに冷静な人っていないから。あ、こんな話するのも初めて！　今日はなんか初めてのことばっかで嬉しいなぁ」

みるふぃーはそう言って、本当に嬉しそうに、花が綻んだように微笑んだ。

それと同時に俺も悟った。

この人やばい人だ、と。

きっと前世から、何かしら人を狂わせる職業だったに違いない。

「そりゃどーも」

何度でも言うが、俺にフユねぇに散々世話を焼かれた記憶がなければ（ry。

しかし、本人がこう言うということは、自分がそういう存在である自覚は十分にあるということだろう。

「……あのさ。なんで、そんだけ自分が普通じゃないって分かってんのに、今さら普通の女の子になりたいんだよ」

「普通になりたいから。普通に学校に行ってみたいの。それ以外に理由っている？」

みるふぃーは、先程とは違う、完璧なアイドルスマイルで笑ってみせた。

その笑顔も十分惹きつけられる、人間離れしたほど綺麗なものだったが、先程の笑顔を見たせいで少し冷たく見える。

「逆に君にはあるの？　やりたいこととかなりたいものに、ちゃんとした理由が」

「ねぇよ。そもそも、やりたいことも、なりたいことも」

言葉にすると一気に空虚な気持ちになった。

だって目の前の彼女は同い年なのに、すでにやりたいことを成し遂げていて、その上、今からなりたいものもあって。

色々なことにチャレンジしても何一つ心惹かれず、極められず、田所や舞菜のように熱中することも出来ないままの俺とは大違いだから。

勉強は嫌いじゃない。スポーツも苦手なわけではない。でも、好んでやり続けたいかと言われると首を横に振ってしまう。それは、本物じゃない。

友達に勧められるがままに手を出しては、置いて行かれてしまう。何をやっても心が埋まらない。そんな最後の一ピースをずっと探しているのが、俺こと柏木蓮だった。

「だから、探してるんだ。ずっと飽きないような、本物を」

そんな俺の言葉を聞いたみるふぃーは、先程のようにニッコリと完璧な笑みを浮かべて口を開いた。

「へぇ。私には、意識してそこそこをやってるみたいに見えるけど」

「…………は」

言葉の意味を上手く理解する前に、みるふぃーは口を開いた。

「無理言ってごめんね？　引き受けてくれなくっても大丈夫だよ」

「…………え？」

「あーー、意外だった？　君に頼もうって言い出したのは冬華さんだから。借りがあるから賛成して着いてきたけど、私はまぁ、手を借りられたらラッキーぐらいの気持ちしかないし。ほら、君もやっぱり迷惑でしょ？」

みるふぃーはそう言って、ペロリと舌を出した。

もしかすると最初からこの結論に持っていくつもりで二人きりを望んだのだろうか。さっきは親身になっているフユねぇのために、そんな素振りを見せなかっただけで。

さっきから過剰なほどアイドルらしくなったのも、俺がみるふぃーに照れて、そうデレデレされては協力相手に相応しくないと理由をつけて俺を外すためだったのかもしれない。

「冬華さんには私から上手く言うから。まぁ、もし気が向いたら学校で普通に仲良くしてくれたら嬉しいかな！」

そう言ってにこやかに笑う姿は眩しいほどあざとい。

あざとくて仕方がない……けれど。

どこか放っておけないと思ってしまうのは、どうしてだろうか。

「ってわけで、断られちゃいました。蓮くんは色々忙しいらしいからね～」

何が上手く言うだよ！　一〇〇％俺が悪いみたいになってるじゃねーか！

「……蓮？」

「いや、その、これは……」

ただ、上手い言い訳が見つからず口籠もっていると、みるふぃーが明るく口を開いた。

「もー！　冬華さんってば心配しすぎ！　今まで何百万人と虜にしてきたミルちゃんが、クラスメイト四〇人ぐらい虜に出来ないわけないですってば！」

「………もう。分かったわ。私もちょっと、心配しすぎてたかも」

「そうですよ〜。ミルももう一七歳なんですから！」

「そうだそうだ！」

「蓮は黙って」

「あっ、はい」

しれっと同意したらバレた。俺にだけアタリ強くないですか？

「じゃあミル、そろそろ家で荷物受け取らなきゃなので！」

その後、解散の流れとなった俺たちは、席を立って玄関へ向かった。

みるふぃーはもう引っ越し自体は終えているとのことなので、フユねぇが車で送っていくそうだ。ちなみに俺の家は二軒隣にある。

「おじゃましました！」

先にみるふぃーが玄関を出て、俺も靴を履こうとした時。

後ろからフユねぇに声をかけられた。

「蓮、忘れ物してるわよ」

「？　ありがと」

何か持ってきていたか、とビニール袋を覗き込んで絶句した。

「……あーー！　アイス溶けてる‼」

そうだ。コンビニ帰りにみるふぃーとフユねぇと出会ってそのまま来たんだった。途中まではしっかり気にかけていたのに、みるふぃーショックで記憶からすっぽ抜けたらしい。

このためだけに家を出たのに、俺は何をしているというのか。

全くついていないと溜息を吐くと、「そのアイス」とフユねぇが呟いた。

「ミルフィーユアイスって珍しいわね？」

「だろ？　これシックスイレブンの新作なんだ。層ごとにアイスの味が違うって、今SNSでめちゃくちゃバズっててさ」

「へぇ。……あのさ、蓮は、みるふぃーのあだ名がどこから来たか知ってる？」

なぜ新作アイスの話から、あだ名の話になるのか。

「さぁ。アイドルのあだ名って自分で考えてるんじゃないの？　フユねぇだって必死に考えてたじゃん」

フユねぇがデビュー当時、自分のあだ名に悩んで相当迷走していたのを俺は忘れていない。ちなみに今は、無難にふゆちゃんで落ちついたらしいけど。

「わっ、私の話はいいの！　みるふぃーのはね、下の名前の「ミル」と、本人が雑誌のアンケートでミルフィーユが好きだって言ったところからついたあだ名なんだけど。私は、それだけじゃないと思ってる」

フユねぇはスッと息を吸い込んで言葉を続けた。

「あの子はね、本当にミルフィーユみたいな女の子なの。今まで結構長い間一緒にいたけど、いつもアイドルらしくて、何層にもコーティングされたみたいに、素が見えない」

「…………」

「だから、心配で堪らないの。そんなあの子が『普通』に馴染めるのかも、知らないところで傷ついてしまわないかも」

心配しすぎだと言わなかったのは、その兆候を見たような気分だったからだろうか。

「ねぇ、蓮。直接みるふぃーを助けて欲しいとは言わないから、何かあったらＬＩＭＥで教えてくれない？　お願いよ。私、もう後悔したくないからっ……！」

『もう』後悔したくない？

その言葉が気になったものの、聞き返すことも出来ないので、静かに頷いた。

「分かったよ。買ってもらったカメラ分ぐらいは、働く」

そう言うとフユねぇは、ありがとう、と大袈裟なほど安心したように微笑んだ。

「ミルフィーユ、か……」

家に帰って早速ネットで検索すると、ミルは千、フィーユは葉という意味らしく、その層の多さを表すところからミルフィーユという名前になったらしい。

なんと、通常のミルフィーユの層は二一八七層にもなるらしい。

お風呂上がり。溶けてしまったミルフィーユアイスを冷やして固め直したものに上からフォークを入れると、フォークの力に押されてポロポロとパイの層が壊れた。

よく考えたら、家で食べて正解だったかもしれない。

「……食べにく」

――なお、ミルフィーユのパイ生地を一枚ずつ剝がして食べると、パイとカスタードのバランスが合わなくなる。

目に飛び込んできた、普段なら気にもしない一文がやけに鮮明に記憶に残っていた。

新学期。掲示板前が人でごった返す中、どうにか自分のクラス分け発表を見て、ソワソワしながら教室へ向かうと、その入口でいきなり後ろからバンバンと背中を叩かれた。

「おっはよ！　え〜〜！　もしかして蓮、今年もウチと同じクラス⁉」

「お〜！　舞菜も三組か！」

目に映るのは、首元のボタンを二つ開けたワイシャツに、腰に巻いた薄い紫色のカーディガン。

かろうじてインナーカラーを隠している、パンダヘアーがぴょこんと跳ねる。

「顔見知り程度ばっかだったから舞菜いてくれて超安心したわ」

「ウチ……は知り合いいっぱいいるけど。私も蓮いてくれて嬉しいな。旧五組メンバーと離れちゃって寂しかったし」

旧五組メンバーというのは、春休みにコンビニで出会ったメンツである。

舞菜はそう言ってはにかむと、俺の腕を摑んでグッと体重をかけ、下に引っ張った。

「うおっ」

そのせいでバランスを崩し、俺は舞菜の胸にもたれかかるような体勢になって、必然的に頭が傾く。

「それに、蓮がいたら絶対楽しいじゃん？」

「……嬉しいこと言ってくれちゃって」

「にっひっひ。リップサービスしちゃった」

「すぐリップサービスって言うな」

こういうのは照れた方が負けだというのを去年一年で学んでいる。

俺が熱くなりかけた頬を冷ますように扇(あお)ぐと、舞菜も真似(まね)をするようにパタパタと両手を動かした。

「いやー……あの子達みたいに慣れないことはするもんじゃないわ」

「……え」

「なんでもなーい。あのさ……」

「そこの二人、席についてください。もうチャイムが鳴りますよ」

「おーー、悪い」

「分かった～」

後ろから冷たい声に注意されたので、また、と言って席につく。

声をかけてきたのは、優等生お嬢様と有名な久遠琴乃(くおんことの)だ。去年は姿も見かけないほどクラスが離れていたが、どうやら今年は同じクラスらしい。

スマホを見ると、時間はまだHRの五分前。優等生は五分前行動なのである。

それから「五組メンバーの中で俺だけ一人ぼっちになった！　さみしい！」とうるさい田所からのＬＩＭＥを返しつつ、ボーっとスマホを見て時間を潰していると先生がやってきてHRが始まった。

そして、毎年恒例の自己紹介をすることになったのだが、この時間は一向に慣れない。

「朝宮舞菜ですっ！　部活は陸上で、趣味はネイルとカラオケとゲームでーす。喋るの好きだからいっぱい話しかけてね、よろしくっ！」

ただ単純に、苦手なのだ。自己紹介が。

舞菜からはオールラウンダーとよく茶化されるが、俺からしてみれば器用貧乏もいいところで、何を話していいか全く分からない。

そんなことを考えていると、無慈悲にもすぐに俺の番は回ってきた。

「えーと、柏木蓮です。部活は帰宅部だけど、よく運動部の助っ人してます。えーと……………そうだ、今年一年よろしくお願いします」

言葉選びを迷いに迷ってどうにか席につく。

こんな時、漠然とした想いが強くなって、いつも以上に夢中になれるものが欲しくなる。

残り一ピースを嵌められたら、どんなに自己紹介が楽になるだろうと。

「久遠琴乃です。よろしくお願いします」

まぁ、これだけシンプルなやつもいるので、俺の考えすぎなのかもしれないが。

しかし、今年の自己紹介はほんの少し楽しみでもあった。

なぜなら今日は、あの香澄ミルが転校してくる日なのである。

みるふぃーのクラスが三組になったという話は、すでにフユねぇから聞いていた。

そのため、掲示板で俺の名前が三組のところにあるのを見たときは本当に心臓が止まるかと思った。

だって一学年八クラスもあるのに、まさか同じクラスになるとは思わないだろ。

もうすぐ、このクラスにみるふぃーが来る。

パニックにならないように、ということらしく掲示板に名前は表記されていなかったが、ポッカリと空いた一番後ろの席がその証(あかし)だ。

現にクラスメイトも、ソワソワと空白の席を見やっている。

しばらく代わり映えのしない自己紹介を聞き流すと、先生がようやく「このクラスに転校生が入ることになった」という旨(むね)の話をし始めた。

そして、その転校生は元芸能人だという話を聞いて一気に騒ぎになる教室と、香澄がいるであろう方向を見てとんでもなく浮かれた様子の先生。

「じゃあ、入ってきて」

「……えっ、みるふぃーだよな⁉」

「きゃぁあああぁあああ⁉」

「嘘だろ‼　こんなことあんの⁉」

満を持して颯爽と教室に入ってきた香澄ミルを見て、悲鳴とも取れるような歓声が響く。

一瞬で大パニックとなった教室の中でも、彼女はそれが日常だというように微笑んでいた。先日会った時はアイドルっぽさが全く抜けていなかったが、一体どんな自己紹介をするつもりなのだろうか。

俺はフユねぇが早く安心するように、そして俺の保身のためにも、良い結果が出ればいいと思いながら、祈るように翡翠色の瞳をじっと見つめる。

「じゃあ香澄さん、自己紹介お願いします」

「はーいっ！」

彼女はサラサラと桜色の髪を揺らしながら、ニッコリと満面の笑みで話し始めた。

「みんな！　ミルのこと、見えてるーーっ？」

「「「見えてるーー‼」」」

その瞬間に、俺は終わりを確信した。

ダメだ、これ。やっぱ少しも『普通』じゃない。

「初めまして。あなたの瞳を独占中っ♡　今年からこの学校に転校してきた、みるふぃーこと香澄ミルですっ！」

「もー！　冬華さんってば心配しすぎ！」って言ってたはずだよな？

どこから来たんだ、あの自信。

いや、みるふぃーの『普通の自己紹介』と、俺の『普通の自己紹介』が違うと気がつかなかった俺が悪いのか⁉

…………いやそんなわけない。だってここまでだとは流石に思わないだろ。

「趣味は歌とダンスです。最近グループを卒業したばっかりだから分からないことも多いけど、これからよろしくねっ！」

パチン、と完璧なウインクで締めくくられたことにより、教室はファンミーティング会場と化した。

ウチのクラスの騒ぎに気づいた他クラスの生徒がドアから覗き見し、その叫び声に釣られるようにドッと廊下に人が押し寄せてくるのが見える。

「たくさん話しかけてくれたら嬉しいな！」

そんな中でもみるふぃーは、ニコニコと俺たちを見つめて笑っていた。

オッケー。終わった。お疲れ様です。

今日ほど、あの時依頼を断った自分の判断に感謝したことはない。

これはめんどくさいことになるどころじゃない。巻き込まれたら大事故だ。

万が一、彼女経由でフユねぇとのことがバレたら確実に終わる。そうなっては、やりたいこと探しがどうだなんて言っている暇はない。

『フユねぇ。今、みるふぃーの自己紹介終わったわ』

二重の意味で。

俺はとりあえずフユねぇに連絡を入れ、溜息を吐いた。

前途多難が目に見えているが、とんでもない人気者だ。『普通』とは違ったとしても、なんだかんだすぐクラスに馴染むだろう。

だから、この騒ぎが落ちつくまで関わらないでおこうと決めた――はずだった。

自己紹介から一週間。

香澄ミルは、ひっそりと孤立し始めた。

あの後。まず、噂が回ったせいで、隣のクラスからの見物客が押し寄せて、その騒ぎの沈静のために自己紹介後の授業が全てなくなった。

元々ほとんど関わりがないとはいえ芸能コースがあるので、SNS管理などはしっかりしている学校なのだが、SNSには載せないように、という校内放送まで流れ、学校は大混乱である。

しかし、そこは流石元トップアイドルと言うべきか、

「ミルに会いに来てくれるのはすっごく嬉しいけど、クラスのみんなには迷惑をかけないで欲しいな」

の一言でその場を解決し、周りと仲良くなろうと頑張るみるふぃーだったが、彼女に声をかけられた途端に挙動不審になり、緊張のあまり倒れてしまう生徒が続出。

そして彼女と席が近いクラスメイトが、彼女の眩しさのあまり授業に集中出来なくなる、など明確な実害が出始めたことで、席の強制移動が決定。

廊下側だと他クラスの生徒が覗き見するから、ということで窓際の一番後ろの席が義務付けられた。おまけに、覗き見やミーハー対策としてクラス会議が行われたところ、みるふぃーは自主的に伊達メガネをすることにもなった。……顔が良いって大変だ。

さらに、

「みるふぃーって本当に生きてたんだね」

「てか実物の方が百倍かわいくね⁉」

なんていう言葉が飛び交って、田所から『同じクラスだなんて羨ましい』という呪いの言葉まで届いて……………でも、それだけだった。

実際に進んで話しかける人は誰一人いなかったのだ。遠巻きに見惚れて、噂するだけ。

最初こそ、その状態を不思議に思っていたが、すぐに気がついた。

文字通り『世界が違いすぎる』のだ。

みるふぃーなりに頑張って話しかけているようだが、まず話しかけられた側がふとした仕草一つに見惚れて会話にならない。

まともに話せたとしても、元ファンに、迷惑に違いない、と詰め寄られて話せなくなることもある。おまけに、みるふぃーがクラスにいるだけで、彼女を見にきた他クラスの生徒に授業を邪魔されて勉強にならない。

いくら周りが注意しても、みるふぃーが片っ端から周りの目を惹きつけ続けてしまうのだからどうしようもない。

掃除の仕方が分からなかったり、静かにしなければならない集会中でもアイドル全開で隣の子に話しかけてしまい、収拾がつかなくなったり。

最初の頃は何をしても「かわいい」の一言で済んでいた浮世離れした行動が、少しずつ積もっていく。

そんな中で、みるふぃーは少しずつ、でも確実に浮き始めた。

この状態は流石にヤバい気がするが、上手い庇い方すら分からない俺は、放課後、教室の掃除中に、とりあえず舞菜にさりげなく話を聞いたところ、彼女の回答はこうだった。

「あーー、香澄ちゃん？　悪い子じゃないんだろうけどね。なんだろう、日常生活全般が向いてないって感じ？」

「確かに。舞菜のグループ、この前怒ってたもんな。授業妨害してんのは自分のファンなのに、なんで注意しないのかって」

「んーー……。でも、後から聞いたらあの子の中ではあれが普通だから、うるさいって感覚すらなかったみたいで。悪い子ではないんだけど、なんだろうな。ウチらも早く馴染めるようにって話しかけてはいるんだけど、イマイチ距離感わかんなくて」

やはり、根本の感覚の部分がどうしようもなくズレているらしい。

フユねぇからの、「みるふぃーはどうしてる？」という連絡にどう返していいか分からず頭を悩ませていると、舞菜が言葉を続けた。

「でも男子もよく言ってない？　アイドルのままの方が良かったたって」

「田所とかはそうっぽいな。裏側までは知りたくなかったってことらしい」

「ワガママなやつめ。私の推しなんて画面の中にしかいないってのに」

舞菜は呆れるようにそう言って、掃除に戻っていった。

俺も箒を手に取り、そろそろゴミを集める頃合いなのでちりとりを持ってこようと廊下に出たところ、困った顔をしたみるふぃーに出くわした。

「っ…………」

しかし、俺には声をかけず、そのまま手洗い場へ直行する。

その様子が気になったので後を追いかけると、ビショビショになった雑巾を手に持って必死にねじっていた。

周りに人がいないことを確認した俺は、手を洗うフリをして隣に並ぶ。

「何、してんの」

「あれー？　ミルのお目つけ役を断った蓮くんじゃないですか。……嘘ウソ、冗談だよ」

みるふぃーはじとっとした目で俺を見た後、ケラケラと笑って手に持っていた雑巾を軽く持ち上げる。

「何って、絞ってる。ちゃんと水を絞ってからじゃないと困るって知らなくて、このまま教室まで持っていっちゃったから」

そう言ってスマホを取り出し、目を輝かせて画面を見せてきた。

「ほら見て。私、もう雑巾がけ出来るし、次からは乾拭き(からぶき)も出来るんだから！　すごくない⁉　伸びしろありすぎてビックリしちゃうね」

「その雑巾、全然絞れてないけど」

「コツ摑んだらすぐだよ、すぐ！」

どれだけ日常から切り離されて生きてきたんだ、この元トップアイドル。

「……俺、かわろっか？」

思わず申し出ていた。アイドルと、雑巾の組み合わせが異質すぎて。

それに、慣れないことをして疲れているだろうという配慮もあったのだが。

「なんで？　こんなに楽しいのに？」

みるふぃーは無邪気にそう言って、きょとん、と首を傾げた。

「超楽しいよ、色んなこと知れて。ミルちゃんの『普通ノート』だってもう半分ぐらい埋まったんだから」

雑巾を手洗い場のへりに置き、手を洗ってから胸元に手をつっこんだ彼女が差し出してきたのは、小さなメモ帳だった。

ら見ていいよ？」

「何これ」

「だから、普通ノート。勉強したこと、いっぱい書き込んでるの！　………気になるな

お言葉に甘えてページを捲ると、一ページ目からぶっ飛んだことが書いてある。

○声は抑えめに！　学校は武道館ではない！

○もうアイドルじゃないんだからファンサには応えない！

○すぐ人にあだ名をつけない！　あだ名で呼ぶのは仲良くなってから！

思わず吹き出してしまいそうになるような内容だが、何度も考え直したような消しゴムの跡と、吹き出しで付け足されたアドバイスがあまりに真剣で言葉を失ってしまった。

教室の中で時折、真剣な顔で書いていたものはこれだったようだ。

そして、ペラペラと捲ると最後のページには、

○常に名前を呼ばれるのが日常ではない！　ファンの人にもしっかり注意する！

と赤ペンで書き足されている。

「これはねー、舞菜ちゃ……朝宮さん達が教えてくれたの。私、小中は義務教育だから卒業出来たようなもので。ちゃんと教室通うの初めてだから、すごい助かるんだ」

「……そっか」

「ん。ミルも徐々に馴染んでるんだよ？　最近なんてね、朝宮さんに恋愛相談までされちゃったんだから。その彼を振り向かせるためにアイドル時代のダイエット方法教えて欲しいって言われたから、今、頑張って考えてるの」

「それは、良かったな」

「へへ〜。普段迷惑かけちゃってるから、力になりたいし。張り切っちゃうよね！」

もうみるふぃーの方も諦めかけているのではないかという心配は、どうやら俺の杞憂だったらしい。

彼女は彼女なりに、前を向いて一歩ずつ努力しているみたいだ。

どうしてこんなに、本気になれるのだろう。

目的に熱中して、一直線に頑張れるのだろう。

こんな状況なのに、ずっと笑顔でいられるのだろう。

俺はそんな様子が、すごく、羨ましくて。

眩しくて、やはり俺はこうはなれないのだと、突きつけられたような気持ちになる。

「……いいじゃん、頑張って」

「ん！　ありがとう〜」

俺は教室に戻った後、『みるふぃー、頑張ってるよ』とＬＩＭＥをフユねぇに送った。

事件が起こったのは、その四日後だった。

「あのさ、元アイドルなら何言ってもいいわけ⁉」

移動教室を終えて教室に入ると、そんな声が聞こえてきたので慌てて声の方を向く。

そこにいたのは、激昂していた様子の舞菜と、舞菜に詰め寄られて行き場がなさそうに俯いているみるふぃーだった。

「……これ、今どういう状況？」

ここ数日で顔見知りになったクラスメイト数人に近寄って声をかけると、気まずそうな顔をして「あーー……」と呟く。

「なんか舞菜さ、好きな人に告ったんだけど、好きなタイプが可憐系だとかでフラれたらしくて。それで、モテといえばみるふぃーってことで相談したらしいんだけど」

成り行きを説明してくれているクラスメイトは、そこで一度言葉を止めて、チラッとみるふぃーの方へ視線を向けた。

「……みるふぃー、無駄に張り切っちゃってさ、筋トレとか食事制限とか、ガチであれもこれもってアドバイスしたらしい」

「そうそう。で、そこまでは求めてないって舞菜が逆ギレしてんだけど、みるふぃーの言い方も悪かったみたいで。舞菜なりに超努力してたみたいだし、それをそんなんじゃ全然足りないってダメ出しされて、これぐらい当然みたいな言われ方されたら……なぁ？」

「みるふぃーも悪くないけど、ちょっとズレてるんだよね。周りはずっと、舞菜はそのままでも可愛いんだからって言ってたし、本人もガチなアドバイスが欲しかったわけじゃないっぽくて」

「あーー、なるほどな。ありがと、理解したわ」

つまり、遠回しに慰めを求めたのに、みるふぃーはそれを言葉の通りに受け取って、全力で現役アイドル基準の改善点を語ってしまったということだろう。

筋トレや本気の糖質制限なんて、ダイエットだからといって取り組んでいる高校生がいるわけがない。いても、意識が相当高い一握りだけだ。

それはアイドル時代なら、アイドルという前置きがあるからこそ「すごいね」と褒められる言葉でも、今の〝香澄ミル〟がクラスメイトに同じことを求めるのは話が変わってくる。

しかし、悪気がなかったのは確実に本当だと知っている。

初めて頼られたと嬉しそうに笑って、真剣にプランを考えていたのをこの目で見たから。

舞菜はそれを知らないのだから、遠回しの嫌味だと受け取ってもおかしくない。

みるふぃーは顔をあげて、戸惑いながらも口を開いた。

「あの、分からなくて、ごめんなさい。でも、私、本当に力になりたかっただけでっ、そんなつもりじゃ……」

「だったらもっと慰めてくれたっていいじゃん。普通、私が悪いみたいに言う⁉」

「悪いって言いたいわけじゃなくて、もっと可愛くなれるって分かってるから」

「っそういう言い方が、バカにしてるって言ってんの‼　ひどくない⁉　ってかそもそも、元から可愛い人にそんなこと言われたくないし！」

「でも、本気でアドバイスしてって……」

「だからさっ、そういうところがズレてるって言っ……！」

そう言って叫ぶ舞菜を、グループの女子達がたしなめて庇う。

「舞菜ストップ。落ちついて」

「あのさ、みるふぃーだけが悪いわけじゃないと思うけど。舞菜も舞菜なりに頑張ってたからさ、もっと思いやってあげて欲しかったな」

そして、落ち込んではいても、何が悪いのか分からないといった表情をしたまま戸惑うみるふぃーをキッと睨み（にら）つけた。

「ずっとアイドルでしかいられないなら、芸能界帰りなよ」

彼女は、みるふぃーが散々悩んでいたことを知らないのだ。怒っても仕方がないと思う。

「みるふぃーには、分かんないよ。絶対、こんな気持ち一生分かんない。それなら、わざわざこっちの世界に来ないで欲しかった」

それでも、本当にこれが正しいのだろうか。

俺なんて何も関係ないのに。めんどくさいからと、協力するのを断ったのに。

「そうだよ。ずっと一人でアイドル極めてたら良かったのに‼」

好きなことに熱中して、本気になって全力で駆け抜けて、なりたいもののために必死で努力した、その結果がこれなのは、どうしようもなく悔しかった。

みるふぃーの行動は少し無神経に見えるかもしれないが、そんなことはないのだ。

彼女なりに本気で取り組んだ結果なのだと、どう証明すればいい？

ギュッと拳を握る。おかしいよな。

きっと今、みるふぃーの方に自分を重ねているのは俺だけだ。

「ごめん、なさい」

普通になりたいのだ、と本気で思っていることを知っている。普通の女の子になりたいのだと願う、彼女の必死な努力を知ってしまった。

「分かんなくて、ごめんなさい……」

絶対しんどいはずなのに、楽しそうに、普通に近づいていると笑う姿を見てしまった。

上手く言葉に出来ないが、これだけは分かる。

方向は間違っていたとしても、本気で努力した結果がこれだと言うなら。

「それは、違うだろ」

「………っえ⁉」

俺は、気づいたらみるふぃーの手を取って、そのまま手を引き、教室を出て走り出していた。

「……………っ」

そして、その勢いのまま屋上に続く階段を駆け上る。屋上は封鎖されているので、ここに来ようと思う生徒はいないはずだ。

「ここなら誰も来ないはずだから」

手を離して一番上の段に座ると、みるふぃーは立ったままようやく口を開いた。

「っ……何するの」

「何って、………何だろうな」

強いて言えば、あれ以上、あの場にみるふぃーをいさせたくないと思った。

ただそれだけだった。

「なんで、助けてくれたの」

…………俺は、助けたかったのだろうか。

──────違うと思う。上手く言えないけど、これは俺のためだった。

見ていられなかったのだ。何故かは分からないけれど。

黙り込んだ俺を見て、すとん、と隣に座り込んだみるふぃーは、ゆっくり口を開いた。

「……ダサいね、私。もっと器用に、いろいろ出来ると思ったんだけどな。普通の女の子、想像してたより難しかったみたい」

「…………」

「今までアイドルやってて、あんま失敗したことなかったから。っ……結局君にも迷惑かけちゃうし、ダメだね、私」

みるふぃーは顔を手で覆って、バン、と足を階段に叩きつけた。

そして、我慢出来ないと、息を殺したままひきつった声を喉から絞り出す。

「っあーー、もう、なんでっ……」

ボロボロ崩れていく。壊れている。

丁寧にコーティングされていた『みるふぃー』が。

「……っ分かんない！　どうしたらいいのか分かんないよっ……」

みるふぃーは誰かに聞き付けられないように声を押し殺してそう言って、そのまま何かを吐き出すように呻き声を漏らす。

舌ったらずな言葉から余計に混乱が伝わってきて、俺はどうしたらいいか分からないまま、ずっと彼女の横顔を見つめていた。

「っ……ぅあ！　よし！」

すると、息を吐ききったみるふぃーがガバリと勢いよく顔を上げる。

逸らすことも出来ないまま、潤んでもいない瞳と目があった。

「……泣いてるかと思った？　こんなのじゃ泣かないよ。私、泣く資格ないもん」

ふざけるように舌を出す。

きっと今、コーティングされたのだ。

自分を守るための、コーティングが。

「泣く資格ないって、何だよ。あれだけ真剣に考えた結果すれ違っただけなんだから、どっちも被害者だろ」

「違うよ。今回は、私の努力不足。結局結果が全てだから」

悔しそうに言葉を繋いで、そして。

バチン、と勢いよく両頰を叩いて立ち上がる。

「っ次は、絶対失敗しない‼」

みるふぃーは戒めのように、そう言って笑顔を作り、階段を降り始めた。

「明日、教室でちゃんと謝るから今日は帰るね。今のままじゃ私、ダメだから。明日までになんて言うか考えなきゃな。私、クラス全員と仲良くなりたいし」

みるふぃーはこちらを振り返って、ぞっとするほどの満面の笑みでそんな言葉をこぼす。

俺は思わず、腕を摑んでいた。

「っ…………」

「なに？」

「次なんてねぇよ。終わりだよ、もう」

声が飛び出る。止まらない。

何が正しいかとか、誰が悪いとか分からないけど、どうしてそんなに頑張れるのだと責めたくなったのだ。

過去の思い出が頭の中を過って(よぎ)は通り過ぎていく。

そうだ。俺だったら絶対、ここで諦めるから。

「……なんで、そんな頑張るんだよ。普通じゃねぇよ、あれだけのこと言われたやつとも仲良くなりたいって笑顔で言うなんて」

歪んでいる。口の中で呟いた言葉は、彼女まで届いただろうか。

「そうだよ？　私、普通じゃないの」

くるり、とこちらを振り返って。

みるふぃーは先程までの姿からは想像出来ないような、ふにゃりとした笑みを浮かべて言葉を続けた。

「でも、だから、普通にならなきゃいけないの。そのせいで私以外の人にたくさん迷惑をかけたし、きっとこれからもそうだから」

「……でも、そんなに傷ついてまで」

「傷ついた人が救われる世界じゃないでしょ？　傷ついたからって、許されるわけでもないし。…………私は変わる。絶対に、変わってみせなきゃいけないの」

それに、と一息。

「傷つかなきゃ、一生何も手に入らないよ」

一枚層を剝がして、まるで戦闘モードとでもいうように。

彼女が口にした言葉が、俺の何かを殴りつけるように響いた。

身体の内側からナイフで刺されたような、よく分からない痛みが全身を襲うのに、どこか痺れるようで思わず腕を離す。

「…………っ」

みるふぃーは呆然とした俺に、そのまま言葉を続けた。

「私はこのまま帰るけど、君は教室に戻って、私があまりに見てられなくてって言いなよ。そうじゃないと私の味方したって勘違いされるだろうし……迷惑かけてごめんね？　ありがとう」

俺を皮肉るように片方だけ口角を上げた彼女。

「……ははっ、そっか」

そうだ、俺はそんな心配をされるようなやつだったよな、と自分で自分に呆れる。

訳もわからず追いかけたいなんて思ったって、人はそう簡単に変われないのだ。

そもそも彼女に俺のような中途半端な味方はいらない。

一人で立っていられないのは、俺の方だ。

みるふぃーが去った後。俺はノロノロと足を動かして、階段を降りた。

しかし、彼女がいくら頑張るといったって、きっともう限界だ。

流石にこれ以上、フユねぇに黙ったままではいられない。

俺は立ち止まって、ＬＩＭＥを起動した。

『フユねぇ、あのさ。みるふぃーが』

「……違うな」

『みるふぃーって過去に何が』

メッセージを打っては、何度も消して書き直す。

『このままじゃ普通には』

カチカチと安全圏から。

俺は一体何をやっているのだろう。

「っ……ダサいな」

ダサい。本当に。だから俺はずっと、俺のことが好きになれないままなんだ。

俺はスマホをポケットにしまって、弾かれたように走り出した。

勢いよく教室のドアを開けて、まだ、空気が読めないだとか、どうだとか話し合っているクラスメイトの元へ向かう。

「あっ、蓮おかえり」

「ねぇ、さっきのどういうつもり⁉」

「みるふぃーどうだった？　可哀想(かわいそう)だとは思うけど、流石にあれは」

どう思われるかなんて、もう関係ない。

「なんでみるふぃーだけが悪いみたいになってんだよ。アドバイス求めておいて、お礼も言ってないのはそっちだろ」

「…………っはぁ⁉」

もう止まらない。そう決めた。

「蓮くん、あの子の味方するつもり⁉」

「いやいやいや。それはウチらが悪いかもだけど、浮いてんのは……」

「こっちで喧嘩(けんか)してどうするの！　ね、蓮はそういうつもりで言ったんじゃないもんね？」

舞菜が俺を庇うようにそう言ってくれるが、俺はゆっくり首を横に振った。

「そういうつもり、だった。批判だけして、知ろうともしないのはおかしいだろって」

そうだ。元アイドルといえど、中身は同い年の女の子なのだ。

違う生き物でもなんでもなく、ただ、頑張る熱量が俺たちよりも大きいだけである。

「まぁ、俺もそうだったんだけど」

違う生き物だと思いたかったんだ。そしたら傷つかなくて済むから。

『傷つかなきゃ、一生何も手に入らないよ』

耳元でみるふぃーの声が聞こえた、気がした。
…………そうだよな。傷つかないと一生俺はダサいままだ。
「俺、香澄が普通になれるように協力することにするわ」
元アイドルのみるふぃーではなく、クラスメイトの『香澄ミル』を普通にするために。
あの、みんなを見ているようで誰も映していない瞳に惹き込まれてしまった。
その目に映りたいと思った。
彼女は確実に、俺にはない何かを持っている。
「っいいの⁉　そんなことしたら蓮も孤立っ……」
舞菜が心配そうにこちらを見ている。
友達は大事だ。もちろん大事だけど、それ以上に、もっと大事なことがある。
俺は強気に笑って、言葉を吐き捨てた。
「好きにしたら？」
スポーツも何もかも、上手く出来なくなったところでやめた。
失敗して傷つく前に、傷つけられる前にやめてきた。
ずっと中途半端だったのは、そのせいだと気がついた。
つまり俺は、何でもそこそこ出来るのをいいことに、逃げてきたのだ。

変わりたいと言いながら、どこかで変われないと思っていたのかもしれない。

傷ついて失うぐらいならこのままでいいと、諦めていたのかもしれない。

でも香澄を見てたら、そんなこと言ってられなくなった。

——————俺はここで、変わりたい！

「じゃ、また明日」

鞄を持って教室を出る。胸のざわめきとは裏腹に、不思議と足は軽かった。

俺はそのまま走って下駄箱へ向かい、香澄の靴がないのを確認してから走り出した。

彼女がいそうな場所は、ある程度見当がついている。


「っあのさぁ‼」

階段を登り切った、満開の桜の木の下。

「啖呵、切ってきたわ！」

彼女は初めて会った時みたいに、心底意味が分からなそうな顔をして、桜に降られながらそこに立っていた。

「……どういう、こと」

「だから、明日から香澄を普通の女の子にするのに協力するって啖呵切ってきたって。俺の人間関係、完全に終わったわ！」

「はぁっ⁉」

香澄は大きな目をさらに大きくして、口をぽかんと開ける。

「なんで、そんなことすんの。っ君は、何も関係ないじゃん！」

「だから関係あるようにしてきたんだろ」

そうでもしないとまた、俺は逃げ出すかもしれないから。

「俺、前にも言ったけど夢中になれるものを見つけたことがなくて。何にも熱中出来ずに飽きちゃうって思ってたんだけどさ、それって結局、俺が諦めてるだけなんだよな」

諦めるボーダーなんてないのに、いつの間にか勝手に線を引いて、届かないならいらないとやめてしまう。今日も満たされていたと、自分ごと騙して笑う。

「これ以上やったら傷つくってとこでライン引いちゃうんだよ。多分部活に入らないのも、本気で練習して底を知っちゃうのが怖いからってだけで」

誤魔化してばかりのずっと八〇点の人生。

足りなくはないけど、最後の一ピースだけが足りないような、そんな気がして。

嫌だったんだ。香澄が、必死で踏みとどまっているのを外野から見ていることが。

悔しくて、歯がゆかった。誤魔化してなかったことにしようとする自分が。

「だから、俺もさっきの香澄みたいになりたかっただけだよ」

憧れたんだ。惹きつけられた。どうしようもないぐらい。

「……勝手に変な覚悟決めないでよ。それ、恩の押し売りっていうんだよ？」

「あぁ、押し売りだよ。だって俺、お前と友達になりたくなっちゃったから」

口にして、すとん、と自分の中で納得がいった。

そうだ。俺、香澄と友達になりたいんだ。

カッコよくて、キラキラしていて、自分で一度決めたことを諦めない強さがある香澄と。

「……何それ。また、冬華さんに頼まれた？」

「一〇〇％俺の意志」

「嘘だぁ。あーー、もう。私は迷惑かけたいわけじゃないの。分かる？」

「分かってるけど」

「嘘だ。ぜんっぜん、ミルの気持ちなんて何にも分かってない！」

「だから、それを分からせてくれって言ってんだろ‼」

「分かんなくていいんだよ！　どうせ、私の痛みなんて誰にも分かんないんだから！　分からないままいて欲しいの‼　変に同情とかもされたくないし！」

もうぐちゃぐちゃだ。

香澄は、整った顔を崩して悔しそうな顔をすると、階段を駆け降りて走り出した。

「あっ、おい！　逃げんなよ！」

「いや‼　着いてこないで‼」

「待てよっ、そっちはっ……」

学校と反対側に走り出した香澄。

だが、そっちには壊れかけの踏切（ふみきり）がある。

カンカンカンカンと警報器が鳴っている。

香澄は俺から逃げきるために踏切を突っ切ろうとしているみたいだが、この踏切は都会と違って、警報器が鳴ったらすぐに電車が通る仕組みになっていて危ないのだ。

地元民ならほとんどが知っていることだが、香澄がそんなこと知るはずない。

「っ危ない！」

「離して‼」

「だから危ないって！」

すんでのところで香澄を捕まえ、腕を引っ張るとバランスを崩したのか、そのまま俺を椅子にする形で倒れ込んできた。

その二秒後、俺たちの前をガタンゴトンと電車が通っていく。

「っ～～～！」

田舎の電車はスピードが遅いせいで踏切タイムが長い。

香澄はすぐに自力で立ち上がったのだが、逃げ出すことも出来ずに、俺と踏切の間で立ち尽くすことになった。

しかし、これは俺にとって二度とないチャンスだ。

俺はお腹(なか)に力を込め、全力で息を吸い込んだ。そして。

「分っかんねぇっつってんだよーー‼」

「……え」

「一般庶民の俺に、トップアイドルだったやつの気持ちなんて分かるわけねぇだろーーー！！！　無茶言うな‼‼」

「………なに、壊れた？」

「傷つかないと手に入らないって言ってるくせに！　俺から逃げようとしてんじゃねーよ‼　失敗するわけにはいかないって、もうとっくに失敗してるわーー！」

「っ……うるさい‼」

俺の大声に釣られたのか、香澄は叫ぶようにそう言ってキッと俺を睨んだ。

層が一枚剝がれる。そうだ、俺はこの表情が見たかったんだ。

「俺、踏切、好きでさ。これだけうるさかったら、どれだけ叫んでもかき消してくれるだろ？　それがすげー、スッキリするっていうか」

　電車が通り過ぎるまで、まだ時間がある。

「だから、吐き出したいことあるなら香澄もやってみれば？」

　逃げ続けてきた俺の、昔からのストレス解消方法。

　香澄は何かを堪える様な顔をして、恐る恐る口を開いた。

「…………ふっざけんなぁあああ‼　そっちから相談してきといて、厳しすぎってなんなの！　本当に好きならそれぐらい出来るでしょ‼　っていうかしなさいよ‼」

　あっ、崩れた。

「っははっ‼」

「ダイエットプラン考えた時間返せえええぇ！！！」

「よしっ、いいぞーー！　その調子‼」

「かわいいから調子乗ってるって、私が眩しいぐらいかわいいのは私の努力なの！　何もしてないのにっ、そんな簡単にっ、愛されるわけがないんだからーー‼」

「なんだよそれ、最高かよっ……！」

　そりゃそうだ。香澄がかわいいのは香澄の努力によるものだし、ストイックすぎるのも、今まで本気でアイドルとしてファンに向き合ってきた結果なのだから。

悪いわけではない。ただ、すれ違ってしまっているだけで。

「…………………すっきりした」

電車が通り過ぎた後。

香澄はそう言って、泣き笑いのような表情を浮かべたまま、地面にへたり込み。

「仕方ないな、いいよ」

と。つきものが落ちたように呟いた。

「ミルね、どうしても普通の女の子になりたいの。今はまだ詳しく言えないけど、そうしないとまた誰かを傷つけちゃうから」

どうしてそんなに一人でどうにかしようとするのか。

気にならないと言ったら嘘になるが、今は、ということはいつか話してくれることを期待しても良いのだろうか。

「だから君にも迷惑かけないようにと思って遠慮してたんだけど、ここまで見せちゃったんだからもう覚悟決めてよね。悪いのはそっちだからね？」

「追いかけてきた時点で決めてるっつの！」

「……そう。ここまでミルに近寄ろうとした人は君が初めてだから、信じてあげる。……

でも私、一方的に助けられるのは嫌だからさ」

香澄は一息ついて、そして。

「私の、香澄ミルの残りの人生、あげるよ。普通じゃないぐらい周りが見えなくなっちゃう私なら、人生全部つまんなそうな君が、夢中になれるものを見つけてあげられる」

真剣な表情でそう言って、こちらに手を差し出した。

「その代わり、私を普通の女の子にして」

「…………っ」

差し出された手を取った。

キッと俺を睨むその目は、当然ながらちっとも潤んでいない。

「よし、裏切りはなしってことで」

「当然！　そのために共同戦線を張るんだから。……傷ついても離してあげないからね？　最後まで、しっかり道連れにするから」

「それはこっちのセリフだろ」

本物を探している。

俺は夢中になれるものを。

香澄は置き去りにしてしまった普通を。

「よろしくね、蓮くん！」

ようやく真っ直ぐ目が合う。

俺たちの、本物探しが始まった。

二. 元トップアイドルと優等生委員長

時の流れというのは早いもので、あれから一週間が経った。

当然俺たちは教室で二人ぼっちとなったが、そこそこ平和である。

何にでも手を出す性格上、無駄に広い友人関係のせいで面白がるような連絡が相次ぎ、俺のスマホが完全にパンクしたこと以外は。

ＬＩＭＥの通知を切ろうにも家族やフユねぇからの連絡に気づけなくなるのも困るので、本当に仲の良い人以外はとりあえずブロックした結果、三〇〇人以上いた【友達】の数が三〇人程度になったのは本当に笑えない。

これじゃ人間関係焼畑農業じゃねーか、とセルフツッコミを入れて少し悲しくなったが、

「大丈夫だよ。私の連絡先、君いれて七人だし。ほら、少数精鋭ってことで！」

と香澄に励まされて、それならいいか、なんて思ってしまったのは内緒だ。

しかし焼畑後の俺より少ないなんて、どれだけスキャンダルを警戒して生きてきたんだ。

俺が一人になったタイミングを見計らって香澄のファンや舞菜の女子グループに廊下で悪口を言われることもあったが、そんなものは些細なことである。

ちなみにあの後、舞菜から一言、ごめん、と連絡がきたが、別に彼女が悪いわけでもない。香澄と表面上の仲直りはしていたし、気持ちに整理がついたらまた仲良くしてくれたらいいなぁ、と思う。

視界の端でサラサラと桜色が揺れる。

「……なに？」

そうだ。席も隣になったな。

これ以上揉めないようになのか、どうやら騒ぎを知った委員長がなんだかんだ理由をつけてくれたらしく、先日行われた一回目の席替えは見事出来レースで、俺は香澄の隣の席を引いた。

「…………なぁに、蓮くん」

「いや、考え事」

「ずっとこっち見たまま考え事しないでくれるかな？」

ニコニコの香澄。怒っているらしい。

「だって廊下側向いたら、香澄目当てのやつに睨まれるだろ」

「じゃあ前向いたらいいでしょ」

「前向いても視界の端に映るだろ」

言うまでもないが、香澄はとんでもない美少女だ。嬉しくないのかと言われたらもちろん嬉しいが、やはりどうしても違う世界の住人すぎて全然落ちつかない。

それに香澄といるとどこにいても視線を集めてしまうので、教室にいたって心が休まる時がちっともないのだ。

「あーー、やっぱりこうなるよなぁ……」

「あーあ。君が早く、私を普通の女の子にしてくれないから」

「明るく無茶言うな⁉　とりあえず、紙の余白に片っ端からサインする癖からやめろ！　そのせいでゴミすら軽々しくゴミ箱に捨てられないだろ！」

「えぇー？　だってずっと暇な時間は何かにサインしてたから、もうサインペン握ってないと落ちつかないんだもん」

「なら消しゴムでも握っとけ、とりあえず」

「はーい」

「……それにしても、なんでそんなにずっと明るいんだよ。こんなずっと注目されて、疲れねぇの？」

転校してきて早二週間。

登校中も、下校中も、廊下を歩いている時も、ご飯を食べている時でさえ。どこにいたって目を惹いて、噂されて、避けられる。

そんな状況にいるにも拘わらず、香澄はずっと明るく元気で、ふわふわと笑っている。

おまけで注目されている俺でさえ居心地が悪くて無口になってきたのに、こいつのメンタリティとバイタリティはどうなっているのだろうか。

「えー？　疲れないよ。だってこれぐらいもう慣れっこだし」

「……そうか」

「ん。一つ秘訣を教えてあげるとするならねぇ、目の前にいる人だけに集中したらいいよ」

「え？」

「ここがコンサート会場だとする。会場には七万人いる。みんな蓮くんを見に来てる」

香澄はそう言って、コンサート会場を表すように手で三角形を作った。

「この日のために家族との用事を断った人も、食費を削ってくれた人もいる。でも、たかが二時間でその全員と目を合わせられるかな？」

「それは……」

「無理だよね。いくら自分の方がお金をかけたとか、愛してるだとか、不幸な生活を送っているだとか言われても私にはそれが分からないし、背負いきれないから」

コンサート会場のスケールは俺には全く分からない世界だが、似たようなことなら分かるような気がする。

例えば友達二人の予定がブッキングしたとして、自分がどちらかを選んだ以上、遊んでいる最中に断った方の友人のことばかり考えて申し訳なかったと上の空ではどちらにも失礼だ。

「全員を幸せに出来ないなら、せめて目の前の一人にだけは向き合わないと失礼でしょ。目に映る人全員の求めるものを渡すのなんて無理だから、目の前の一人だけにこだわるの」

香澄は全員を見ているようで、誰とも目を合わせていないようだと思ったことがある。

でもあの時、確かに香澄が俺を見たような気がしたのは——。

「そしたら、その人しか見えなくなって、周りなんて全然気にならなくなるから」

香澄はそう言って、パンッと俺の両頰を手で挟んだ。

「ちょっ、何すっ⁉」

「ほら。もう、ミルしか見えなくなった」

「…………っ」

目の前に、吸い込まれそうなほどキラキラする大きな目。

その距離の近さに、息が詰まりそうになった。女子特有のいい匂いがして、頭がクラクラする。それなのに、そのクラクラが、心地よい。

「お、れは…………」

今にも咲いてしまいそうな、膨らみかけた気持ちに必死で蓋をする。

手を伸ばせば届きそうだけれど、俺の手が届くような女の子じゃないのだ、香澄は。

そこで初めて、瞳の中の俺が、不安げな表情を浮かべていたことに気がついた。

本来、香澄を守らないといけないのは俺のはずだ。香澄が一般人歴半年なのに対し、俺は一般人歴一六年を超えるベテランなのだ。

そんな俺がこんなに不安気な顔で、頼りなかったら、香澄が普通の女の子になる手伝いなんて出来るわけがない。

香澄だって、不安なはずなのだ。

俺が注目され慣れていないように、普通の教室で同世代の人間たくさんと対等に過ごすのは香澄にとって慣れないことなのだから。

「…………ごめん」

「なんで君が謝るの？　それなら、ありがとうって言って欲しいな」

「っありがとう。これから、一緒に頑張ろうな‼」

「ん。じゃあまずは普通に友達が欲しい！」

「そりゃそうだ。……それにしてもやっぱすごいんだな、アイドルって。一瞬で香澄しか見えなくなったわ」

「……別にぃ。ま、ミルって蓮くんのことが大好きだからね」

「っだから、それやめろって言っただろ‼」

「えー？　やだ。だって蓮くんってば面白いんだもん。そーいうところも好き」

――――心臓止まるわ。

元トップアイドル、香澄ミル。

良いやつなのは間違いないのだが、ありがとう、と同じ感覚で使う「大好き」という口癖の矯正だけはどうにかせねばならない。


「はい。じゃあ今日のＨＲは委員決めをします」

教壇でそう言い、にっこり微笑(ほほえ)んでいるのはこのクラスの委員長、久遠琴乃(くおんことの)である。

シワ一つない制服に、きっちり結んだポニーテールと品のある装い。おまけに品行方正・成績優秀と委員長になるべくして生まれてきたような優等生だ。

成績は学年トップ。運動こそ苦手らしいが、これで実家は議員一家、外見までアイドル顔負けな美少女なのだから、世の中は不公平だと文句の一つぐらい言いたくなる。

以上の理由からクラス委員長は圧倒的な支持率で彼女に決まり、今日はその他の委員決めをすることになった。

「ではまず書記から決めましょうか」

委員長が持ち前の進行力で次々に係を決めていく中、香澄は隣でずっとソワソワしている。昨日の夜ＬＩＭＥした時は、教科係もいいが風紀委員も捨てがたい、と委員決め一つで散々迷っていたが……結局何に決めたのだろうか。

ちなみに俺は無難に国語係である。

なぜなら提出物を集めるだけの教科係において、提出物が一番少ない国語係が圧倒的に楽だからだ。

「楽しみだねぇ、蓮くんっ」

それにしても元気がいい。

ダイエット問題で揉めた舞菜たちのグループは後ろから気まずそうな顔で香澄を見てい

るが、全く気にしていない。

前にさりげなく、「気まずいとか思わないのか?」と尋ねると、「ドームコンサートでアンチだらけの中センターやった時に比べれば?」とのことである。

メンタル鋼か??

「…………楽しみだな」

基本的に教科係は最後に呼ばれるので、まだ時間があるとぼーっとしていた俺の目は、五秒後の香澄の発言で一気に覚めることになる。

「次は文化祭委員ですね。どなたか希望は……」

「はい! 香澄、文化祭委員に立候補します」

目をキラキラさせて手を上げる香澄。

そして、何を思ったか俺の手を掴んで強引に持ち上げた。

「あ、蓮くんも一緒です!」

…………やりませんけど!?

「いやいやいやいや。いつ俺が文化祭委員やるって言ったんだよ!?」

「え、だって蓮くん、昨日私と同じ委員やってくれるって言ってくれたよね?」

「他に候補が出なかった場合最悪やってもいいとは言ったけど、それは最終手段だって言ったよな⁉」

持ち上げるな！　俺の手を！　二人三脚やってんじゃねーんだぞ‼

「あっ、そうだった。ごめん委員長、蓮くん一旦なしでお願いします！」

「この状態で他に文化祭委員やりたがるやついると思ってんの⁉」

「え、いるでしょ。文化祭委員だよ？」

「文化祭委員はそんな競争率高い憧れの立ち位置じゃないんだよ。高校の文化祭って、二次元のままのイベントじゃないからな⁉」

キョトンとした顔でこちらを見つめてくる香澄。

フユねぇ。フユねぇ！

やっぱり一般常識ってもうちょっとマスターさせてもらえなかったんでしょうか！

どうして漫画の知識を詰め込んだままの香澄を学校生活に送り出したんですか？

祈るように委員長を見つめる。

再募集したって誰も手を上げないということはもう分かっているが、どこかに勇者がいるかもしれない。お願いです。誰か、誰か……！

「えーと、香澄さんも不安でしょうし、もう一人の文化祭委員は柏木くんにお願いしてもよろしいでしょうか？」

「委員長⁉」

クラス中からポツポツと上がる手。

どうやら反対意見はないらしい。

「では文化祭委員は香澄さんと柏木くんにお願いしたいと思います。よろしくお願いしますね」

「はーい、分かりましたぁ！　ミルたちにお任せを‼」

分かっている。委員長に罪はない。

どちらかといえば悪いのはちゃんと確認しなかった俺だ。

しかしあれは絶対に――――。

俺がじっと委員長を見つめていると、隣からつんつんと制服の袖を引っ張られた。

香澄は困った顔でこちらを見上げている。

自然に上目遣いになっているのがなんともあざとい。

「ごめんね、蓮くん。昨日のＬＩＭＥの内容勘違いしちゃって、てっきり一緒にやってくれるものだと……」

「……いや、別にいいよ。打ち合わせ不足のせいだし。俺も一回やってみたかったし、文化祭委員。ここから何か見つかるかもしれないしさ」

そう。これからの俺はポジティブ思考で本物探しチャンスを逃さないのだ！

「…………優しすぎるの、ダメだと思う」

「どの口が⁉」

「へへ。次からちゃんと確認します。私、蓮くんには嫌われたくないもん」

香澄の憎めないところは、こうやってしっかり反省するところなのである。

「そういえば香澄さん、その席で問題ないですか？　席を移ってもらう際に視力の問題を確認していなかったので……」

「大丈夫です。ミル、こう見えて視力三・〇なので！　これ、一番の自慢なんです」

誇らしげな顔をしている。

それが自慢でいいのか、香澄ミル。

「それなら良かったです。まだ分からないことも多いと思うので、柏木くんが頼りない時は私のことも頼ってくださいね」

「なぜ俺を一回ディスった？」

「ふふ。では次、教科係の……」

無視かよ。しかもちょっと機嫌良さそうなのがムカつくな。

「……蓮くんと委員長って仲良いの？」

「仲良いというか……中学が一緒だったんだ。だからまぁ話さないわけではないかな」

「ふーーん。そっか」

「何だよ」

「紹介して欲しいなぁと思って。委員長」

「自分で話しかけに行けばいいだろ」

「突然行ったら委員長が迷惑かもしれないでしょ⁉」

「それは分かるようになったんだな……俺、嬉しいよ」

最初はガンガン話しかけてクラスメイトを戦闘不能にさせまくっていた頃を考えると、涙が出てしまう。

ていうかそこに気が回るならなぜ俺のことはこんなに無造作なのだ。

「む～～、後方保護者面やめてくださいっ！」

「どこで覚えたんだ、その言葉」

「ゲーム実況？」

「見るんだ⁉」

「私だってそれぐらい見るもん。あっ、あーーっ……いっか。もうアイドルやめたし」

別にいいだろ、アイドルがゲーム実況好きでも。

いや、そんな些細なことでも炎上する世界なのか？

ダメだ。色々な趣味に手を出してきたが、アイドルはいっさい通ったことがないから分からない。

「チャンスがあったら委員長に言っといてね」

「おう」

チャンスなら同じクラスにいるんだからいつでも――。

「次は学級目標についてですね。あとは学級旗について決めるだけなので、余った時間は自習にしましょうか」

先生よりもテキパキとクラスを仕切る委員長。

確かにあのＴｈｅ優等生、といった姿を見ていたら、香澄も近づきがたいと感じてしまうのかもしれない。

俺がそう思いながら机の下でゴソゴソとＬＩＭＥを起動し、メッセージを送信すると、どこかから『ＬＩＭＥ♪』と通知の音が聞こえた。

「……授業中はスマホの電源切っといてくださいね？」

ＬＩＭＥの通知切ってないのは委員長だろ。

「ちょっと柏木くんっ！」

その日の夜。かかってきた電話に出ると、興奮しきった声が聞こえてきた。

相手はもう分かっている。

「授業中はＬＩＭＥしてこないでって前に言いましたよね⁉」

久遠琴乃。我がクラスの優等生委員長様である。

「いや委員長が電源切ってないのが悪いんだろ」

「〜〜っ！　今日は大事なライブの当落発表だったから切れなかったんです‼」

「どう？　当たった？」

「外れましたけどっ⁉」

彼女はこう見えて三度の飯よりもアイドルが好きなアイドルオタクなのだ。

クラスにいる時とはだいぶ印象が違うが、どちらかといえば彼女の素はこちらなのである。

どうやら推しているグループはサイ×サイらしいが、誰推しなのかまでは聞いたことがないな。まあ、俺は香澄とフユねぇ以外のメンバーは分からないので聞いたところでという話なのだが。

「おー、おつかれ。それならこっちも言わせてもらうけど、俺を文化祭委員から救ってくれなかったじゃねーか！」

「みるふぃーの頼みなんだから仕方ないじゃないですか。別にいいでしょ。柏木くん、仕事出来る人ですし」

「そりゃ中学の頃は気合い入ってたけどさぁ……。今はクソダサ万年八十点人間ですよ」

「なんですか、八十点人間って。………私は今の方が好きですよ。今だから言いますけど、あの頃の柏木くん、チャレンジ精神の化け物みたいでちょっと怖かったですし」

「誰がチャレンジ精神の化け物だよ!?　そっちこそすごいよな、今じゃ化けの皮も剝がれなくなって」

「あーあーー、うるさいですね」

実は俺と彼女の繫がりは、中学が同じというだけではない。

クラスこそ二年生の時しか同じにならなかったものの、有り余るチャレンジ精神でクラス委員を引き受けた俺は、その頃から優等生だった彼女とペアで一年間クラス委員長を務めたことがあるのだ。

彼女は、最初こそ教室で見たような清楚極まりない委員長だったが、先生に押し付けられてとんでもなく理不尽な居残り作業をさせられた時に振り切れて以来、俺の前ではちょっと口が悪くなるようになった。

たまーに漏らす愚痴から察するに、家での抑圧が半端じゃないらしい。お金持ちの家も大変だということだ。

俺はこの一件以来懲りて委員長職には絶対につかないと心に固く誓ったが、彼女は普通に中学三年間委員長を務め、今年も委員長をやっているのだからすごいと思う。多分去年も委員長だったはずだ。

「いや嫌味じゃなくてさ。すごいな、委員長は」

「……今は学校じゃないんだから琴乃って呼んでください」

「はいはい」

「あーー、もう疲れた。先生も先生ですよ。何が久遠がいたら安心だな、ですか。これが無給だなんて信じられませんっ」

そんなに我慢するならやめたらいいのに、と。

その一言を言わないから、彼女は俺に安心して愚痴を言うことが出来るのだろう。

「よし、決めました。今からポテチ一袋開けます」

「おっ、いいな。俺も開けよ」

「いいんですか？　今、夜中の二時ですよ」

「いいだろ。明日休みだし」

「そうですね。……三枚だけ食べてドロンとか許しませんよ？　柏木くんには最後まで私とカロリーを分け合ってもらわないと」

「当然だろ。全部食べないで置いといても湿気(しけ)るし」

「よく分かってますね、柏木くんは。全部食べ切らないとポテチに失礼ですからね～」

　彼女と俺の共通点。

　夜行性なところ。価値観が合うところ。お互いの事情に干渉しすぎないところ。

　だから俺たちは共通の趣味があるわけでもないのに、こうしてなんとなくの関係が長続きしているのかもしれない。

「あの。今日、すぐ文化祭委員引き受けてくれて助かりました。ありがとうございます」

「別に。い……琴乃こそお疲れ様」

「別に。お仕事ですから。あ、今日はコーラも開けちゃいましょうね～」

「お、珍しいな」

　疲れたんだな、委員決め。

「ご褒美(ほうび)だからいいんですっ。そもそも柏木くん、みるふぃーと知り合いなんて徳を積みすぎなんですよ」

「多分前世で世界救ったな、俺」

「そこまでは言ってませんけど。これで他のアイドルとも知り合いとかだったら本気で世界規模かもしれませんね。……羨ましい」

……フユねぇと幼馴染なことは死んでも秘密にしよう。

今、なんかやばい雰囲気感じたし。

「もしかして琴乃、香澄推しだったとか？」

「そうではないんですけど、生みるふぃーが教室にいるだけで空気美味しく感じるぐらいには好きでした。アイドルっていうのはやっぱり輝いてないとですよ………」

「十分だよ。それでよく普段ドルオタ隠せてるな」

「うるさいです。いいんですよ、話なら柏木くんに聞いてもらうから」

「……へいへい、そうですか」

委員長はいつも、不意打ちでこんなことを言ってくるのがずるい。きっと来年違うクラスになってもこうして話していると思うと……少し、口角が上がってしまって困る。

俺は寝返りを打って、惰性でやっているソシャゲで冴えた目を瞑った。

「あ、そうだ。そういや香澄がお前と友達になりたいから紹介してって言ってたぞ」

「っ……ぴぃ」

「つまり？」

「死にます。無理です。穏便に断ってください、神々しさで目が潰れます。いいですか、本来みるふぃーは我々のような下界のものが関わっていいわけがないんですよ、分かります？　それがたまたま教室に降りたってしまったんです、バグですよバグ。あのキラキラした目に見つめられてよく呼吸が出来ますね。多分あれカラットとかいう単位じゃ表せないぐらいの宝石ですよ。しかも何なんですかあのシルクみたいな肌。ストイックなところも超推せます。そりゃあ、あれだけの美貌は努力の上に成り立ってますよ。みるふぃーが笑ったらそこは天界そして世界創造・建国・繁栄の三ステップですよ、ていうか」

「ストップストップ」

早口オタクちゃん、ステイ！

途中からノンブレスだったぞ。しかもきょどり感全開。教室での冷静さはどこへやら。すごい情報量だったが、頭の中に建国しか残っていない。

琴乃は、世渡りがとんでもなく上手い。

何にも困っていなさそうで、真面目で、みんなの模範となる優等生で――――。

「……………そういやまた、自己紹介でアイドル好きって言えませんでした」

「もう言っちゃえばいいのに」

「あはは。もし親の耳にでも入ったら私のお宝グッズ全部捨てられるので、その時は柏木くんの家に緊急避難させてくださいね？」

その裏で、ぐちゃぐちゃの自分に辻褄（つじつま）を合わせようと必死に努力している。

そんな姿がたまらなく眩（まぶ）しくて、好きなことを好きだけやれる俺は琴乃に比べたら恵まれているはずなのに、どうして貫けるもの一つないのかと少し、虚（むな）しくなった。

「にしても見ました⁉　昨日のＦＮＧ歌謡祭！　やっぱサイ×サイ最高だったなぁ。みるふぃーが辞めて以来、ずっとふゆちゃんが調子悪そうだったから心配してたんですけど、完全復活でしたし、しかも曲が『しゅわハピ』なんて原点にして頂点というか」

「待って俺まだＦＮＧ見てない」

「なっ、なんでですか⁉　信じられないっ……。よし、じゃあ明日までに絶対見て感想くださいね。なんならレポートにして送ってください。解像度ＵＰに繋がるので」

「流石（さすが）にキツい」

「なら代わりに数学の課題の答え教えてあげます」

「そこまでするか、優等生」

圧が。圧がすごいです。

「そういやサイ×サイの推しって誰なんだっけ？」

「ふゆちゃんですよ。白樺冬華。名前ぐらいは柏木くんでも知ってますよね？」

「えっ、はい」

背筋が凍った。

知っているも何も、幼馴染である。

まさかフユねぇじゃないよな、と思っていたが……そのまさかを引き当ててしまった。

俺の焦りをよそに、琴乃は幸せそうな声色で話を続けた。

「ふゆちゃんの魅力はですね、ズバリ包容力です。あの女神様みたいな容姿に、目元にある泣き黒子の色っぽさといえば最高ですし、本当に女神様みたいに優しいんです」

「でもそれだけじゃないんだよな。ちゃんと突き放すところもあるっていうか」

「そうなんです。ヒット祈願の旅で挫けそうになったメンバーには苦言も……って、柏木くん詳しいですね」

「あぁ、その、幼馴染がファンで」

「そうなんですか！　それは素晴らしいことです。もし良ければ今度紹介してください」

その人は白樺冬華本人です、と言えないまま曖昧に返事をした俺は、いつか琴乃に殺されるかもしれない。

そうなる前に、どうにか琴乃の好感度メーターを稼いでおかなければ。

「俺、FNG歌謡祭のレポート書くわ。むしろ超書かせて欲しい」

「なんですか、急に。何か私にお願いでもあるんですか？」

「や、全く？　全くないけど」

「怪しいですね〜。あっ、もし柏木くんが同担拒否とかを気にしてくれてるなら全然大丈夫ですよ。迷惑かけるファンとか、繋がりたがるファン以外は仲間だと思ってるので！」

「それは大丈夫です」

即答してしまった。危うく「仲間」の一員になるところだった。

しかし元々繋がっている場合は処刑対象なのか、どうなのか。

俺はとにかく、フユねぇと幼馴染であることは、琴乃にだけは絶対にバレないようにしようと心に決めた。

「と、とにかく。推しのいる生活は良いよな。うん」

「ほんとそうですよ。推しは生き甲斐であり光なんですから。だから、みるふぃーが辞めた時なんてもう、みんな喪に服すぐらいの勢いで……あ。そういえば、なんですけど。柏木くんって、どうしてみるふぃーがサイ×サイやめたか知ってますか？」

突然の問いかけに、何故か心臓の鼓動が速くなる。

「普通の女の子に戻るため、だろ？」

「それは分かってるんですけど。学校に通いたかっただけなら、芸能コースに行けば良かったのになぁと思って」

「……確かにな」

言われてみれば確かにそうだ。

あまり詳しくは覚えていないが、香澄が卒業発表を出したのは本当に突然だった気がする。その時のワイドショーは香澄の真意を探ろうと必死になっていた。

「まぁ私は今のみるふぃーが幸せなら何でもいいんですけどね。私から言っておいてあれですけど、外野がどうこう言うのは違いますから」

「そりゃそうだ」

俺が任されたのは彼女を普通の女の子にすることであって、真意を探ることではない。

誰だって触れられたくない傷の一つや二つ、抱えて生きているだろう。

「一応、確認なんですけど。柏木くんとみるふぃーってその、付き合ってる、とかじゃ

…………」

「ないです」

「ですよね‼」

「食い気味　返答　なぜ　で検索かけるぞ」

「あははっ」

おいそこで笑うのはおかしいだろ。

「あーー、久しぶりに柏木くんと話せてスッキリしました。もし付き合ってるとか言われたら殺そうと思って」

「誰を⁉」

「誰をでしょうね？」

どう考えても俺をだろ。ちくしょう。

「じゃ、私はそろそろ勉強に戻ります」

「……今の時間分かってる？」

現在の時刻、午前三時。

「あははっ。深夜こそ捗りますからね」

「風邪引かないようにな」

「はーい。……じゃあ、また」

「おう。またな」

俺はそう言って目を閉じ……どうにも眠れないので布団から起き上がった。

「月曜からの作戦考えるか……」

今度こそ、ふとした瞬間に魔法みたいに出る香澄のウインクを抑えさせよう。絶対に。

「あっ、蓮くん。おっはよ……？　え、なんでマジックペン持ってるの」

「今日はウインクしたら手に星のマークを描いていくことにします」

「なぜっ⁉」

「普通の女の子は日常生活でウインクをすることはない。求められることもない」

「うそっ、冗談でしょ⁉」

冗談なのは香澄の頭の方だ。

これのどこがダメなの⁉　とウインクする香澄。はい、ギルティ。

俺は無言で手の甲に星のマークを描く。

真っ白できめ細かい肌に描くのは勇気が必要だったが、仕方がない。

これも香澄のためである。

「あーーーー⁉」

「こうしたら罪を数えられるだろ」

「罪⁉　ウインクするのって罪なの⁉」

「当たり前だろ！　それで何人のクラスメイトを沈めてきたと思ってるんだ！」

ただでさえ香澄は美少女だ。そんな香澄にウインクをキメられたら、凶器に変わる。

と、そんなやり取りをしていると、前からふらふらと琴乃が歩いて来た。

「……私はやれます。やっぱりみるふぃーとお近づきになりたいですもん。柏木くんもいるし、フォローしてくれるはず。私はやれる。私はやれる。私はやれます」

どうしたんですか、琴乃さん？

「あ、のっ！」

まさか俺がこの前言ったのを気にして話しかけに来てくれたんですか⁉

「かっ、香澄さん。おはようございます」

「……俺は？」

「あっ、柏木くんもおはようございます」

「俺はついでか」

プルプルと顔を赤くして震える琴乃。

そういやいつも話すのは電話だから、久しぶりに直接話すと変な感じするな。

「っ…………！」

「香澄？」

香澄がバンバンと俺の背中を叩いて興奮しているので、どうしたのかと尋ねると、香澄はそのままの勢いでギュッと琴乃の手を握った。

「おはよう！　いいんちょ……久遠ちゃん」

「ふぇっ⁉　私の名前、覚えて……」

「覚えてるに決まってるでしょ。もうクラスメイト全員の名前、覚えちゃったよ」

「えっ、すごいな。俺なんかまだ全然なんだけど」

「ふふ。こう見えて私、人の名前覚えるの超得意なんだから。あのねっ、クラスでいろいろあってから、私に話しかけてきてくれたの、久遠ちゃんが初めて。だからすっごく嬉しいの。ありがとうっ！　これからよろしくね、久遠ちゃん」

それから香澄はパチンと完璧なウインクを決め――――。

「……ん、久遠ちゃん？」

「きゅう」

「久遠ちゃーーーん⁉」

至近距離でファンサを浴びた琴乃は、しっかり天に召された。

「…………香澄？」

「い、今のは何というか、無意識というか……」

「無意識だからダメなんだろ⁉」

俺はふらつく琴乃を保健室に送り届け、香澄の手に星を増やした。

普通の女の子への道のりは、まだまだ長い。

三．アイドルinワンダーランド

何か夢中になれるものが欲しい。

これは俺の物心ついた頃からの悩みだった。

両親は共働きで忙しく、一人っ子。物心ついた時から、両親が帰ってくるまでの暇な時間を埋めることに必死だった。

宿題だけじゃ時間が埋まらなくて、スポーツを始めた。図書館に通った。フユねぇとボードゲームをやった。親に言われるがままに勉強にも一回ハマった。

しかし、全部、途中で飽きた。

それからバンドにハマって、作曲もかじってみたけど投稿するほどでもなく、絵も描いてみたけど続けるほどの才能も熱量もなく、ほどほどで『次』を見つける。

自分には何が合っているのか、ちっとも分からなくて。

中学の頃。少し前にゲームの話題で仲良くなった友人にランクを聞かれ、咄嗟(とっさ)に嘘(うそ)をついた。今もそのゲームにハマってイベントを走っている友人と違い、俺のランクは二人で盛り上がっていた時から少しも動いていなかったから。

確かに好きだったんだよ。嘘じゃない。友人と話している時はずっと楽しかった。ただ、それが続かなかっただけで。

こうしてふんわり物を好きになっては、いつの間にかついていけなくなって自分から捨ててしまう。そのせいで無駄に広がった人間関係も、気がつけば疎遠になって、何もかもめんどくさくなる。

広く浅くばかり得意になって、自己紹介で語れるようなものが一つもない。

だからこそ、俺は、何かずっと夢中なれる本物が欲しかった。

フユねぇがアイドルオーディションに受かってcider（サイダー） × ciderとしてデビューすることになり、東京へ行ったのもその頃だった。

つまり俺は焦（あせ）っていたのだ。

ずっと一緒に遊んでくれたフユねぇは、自分の居場所を見つけてちゃんと羽ばたいていった。たくさんの人に囲まれて、愛されて、すごく幸せそうで。

それなのにどうして俺はずっと同じようなところにいるんだろう、と。

しかし、そうやってがむしゃらに挑戦しては夢中になりきれずに時が経つと共に飽きる、というサイクルも繰り返せていたのは中学までである。

挑戦することにも体力がいる。チャレンジして、チャレンジして、これじゃないを繰り返したら、そもそもチャレンジしたいことすらなくなっていく。

だから今の俺はというと、自分は浅く広くが向いている、そういうタイプの人間だったんだな、と認める努力をする方向にシフトチェンジしていた……はずだった。

『人生全部つまんなそうな君が、夢中になれるものを見つけてあげられる』

それなのに香澄の手を取ってしまったのは、心の片隅で、どうしようもなく『本物』に憧れる気持ちが燻っていたからだろう。

「これまで生きてて楽しそうって散々言われ続けてきたからね、自信ありですよ」

それとも、他の誰でもなく香澄となら、と夢を見てしまったからなのか。

「私に任せなさいっ！」

或いは、その両方。

ゴールデンウィーク初日の今日。

俺と香澄は、遠征作戦を決行した。

「じゃあとりあえず、今一番興味があるものについて教えてくれる？」

「……今、は特にないかな」

「それならまずは興味持てるものから探さないとね～」

俺の夢中になれるもの探しの一環として、最初に話し合ったのは、俺が今まで興味を持っては失ってきたものと、今後してみたいことの整理だった。

香澄は存外、ちゃんと向き合ってくれるつもりらしい。

「んーー。ならとりあえず次の休み、遊園地行く？」

「……なんで？」

「久しぶりに行ってみたいし」

それはただ香澄が遊びに行きたいだけでは？

「っていうのは冗談で。とりあえずオタク人口が多いところから攻めようかと思って。ソシャゲは浅く広くが合ってて、スポーツもたまにで良くて、クリエイト系は大体試してて、アイドルは眩しすぎるんでしょ？　なら次に多いのはテーマパークオタクかなぁ、と」

「え。俺、親が忙しかったから全然行く機会なくて、テーマパーク全く詳しくないんだけど」

「だからこそだよ。これから好きになりがいがあってよくない？」

「なるほど……！」

すごい。ちゃんと考えられている。

俺だけで考えると、自然と好きになれそうなもの、自分が出来そうなことばかりに意識がいっていたから、人口が多そうな方に寄ってみるというのは盲点だった。

「しかも。私も、雑誌とかＴＶの企画でしか行ったことないから、普通に楽しむ訓練になるかなって！　まさに一石二鳥‼」

「おぉ……」

確かに。企画で行くなら乗り物なんて全て並ばずに乗れるだろうし、どのカチューシャをつけようか悩む、なんて俺にとっては普通のことも体験したことがなさそうだ。

「それにみんなパークの方に意識が向くから、変装薄めでもあんま気づかれないんだよね。だから君は私の身バレを気にせず楽しめるってわけ！」

「俺、香澄をこんなに頼り甲斐あると思う日が来るとは思ってなかった」

「失礼だなぁ。ミルちゃんが本気出したらこんなものですよ！」

それなら学校生活においても最初から本気を出してくれ。

「じゃあチケット取っとくけどいーい？」

「もちろん。あとでチケット代払うわ」

「了解！　ところで君はディスティニーランドを一二〇%楽しむ方法を知っているかね」

「いやだから知りませんけど」

香澄はドヤ顔で口を開いた。

「ずばり、テーマパークにハマろう大作戦は今この瞬間から始まっているのです！　事前準備を制するものがディスティニーを制すってわけ。まず当日着ていく服を考えるでしょ。回る順番考えるでしょ。パレードはどの位置がよく見えるかリサーチしなきゃいけないし……って聞いてる？」

「聞いてるよ。ただ、俺が今まで関心持ってこなかっただけで、テーマパークってもっと楽しめるものだったんだなぁと思ってさ」

「ふふ。私と君は運命共同体だから。このまま大船に乗ったつもりで着いてきてよねっ！」

と。楽しそうに笑う姿が、一番あざとかわいいとは絶対に言わない。

その後、俺は下調べをしてくれたらしい香澄に言われるままに準備を整えた。まず当日参戦するための衣装選びから始まり、カチューシャは無難にミスターマウスのものに決まったので、白と黒のモノトーンコーデをネット通販で頼んだ。

白シャツとジーンズしか信じられない俺と、ショッピングモールを歩こうものなら目立って目立って仕方がないけど、ダサい俺の隣は歩きたくないので服は選びたい香澄が服を買うにはネット通販しかなかったのだ。

「は⁉　こんな破れたズボン、誰が穿くんだよ」

「蓮くんだよ。これが今の流行りなの！」

と、教室でギャアギャア言い合いながら服を選ぶ俺達はさぞ滑稽だったことだろう。

その代わり、香澄のコーディネートは俺が考えた。だって最初、がっつりＳＮＳ映えする、ミスマウスをイメージした白と黒と赤のドレスみたいな服で行くつもりだったんだぜ。そんなの「アイドルです見つけてくださいここです！」と大声で叫んでいるようなものだ。

というわけで、白のブラウスに黒のミニスカートでどうにか納得してもらいました。これが普通の女の子のディスティニーファッションです、多分。知らんけど。

次に、今の季節にやっているパレードを調べて場所取りを考えた。

ちょうど昨日からドリームオブトゥルーというパレードが行われているそうで、一緒にダンスを踊る場面があるという。

そこで、キャラクター達と全力で一緒に楽しめるように、と元プロである香澄先生監修の下、その日から特訓が始まった。

「もーー！　ちゃんとTicTock見てる⁉」

「だから！　ダンス経験ゼロの俺が、見るだけで出来るようになるわけねーから⁉」

と叫びながら必死に挑んだが、ぶっちゃけ今でもフリが怪しい。当日は香澄をカンニングしてどうにかするつもりである。

そして香澄の顔バレ対策を考え、乗り物の待ち時間を考慮して自作のディスティニーランドマップを作り、ようやく週末がやってきた。

俺たちは普段登校するよりも早く起きて、今、ディスティニーランドの入口で入場待ちの最中である。

「はぁ……今週は香澄のウインク癖を抑えるだけで終わったような気がする」

「だから今からディスティニーで現実吹き飛ばすんだよね！」

「いっそ清々（すがすが）しすぎて好きだわ、大好き」

「ちょっと、ミルの癖真似（まね）しないで！」

そんなこと言われても、ずっと一緒にいるんだからうつっても仕方ないだろ。

最近香澄のせいで一生分の大好きを聞いているような気がする。

そう考えるとすごいな、アイドルって。

俺はこれからも、人に何かを与えられるような気がしない。

「よし、じゃあまずは確認から。まずチケットオッケー。今は発券しなくてもアプリからいけるんだから素晴らしいよね」

「これを改札みたいなとこでかざせばいいんだろ？」

「正解っ！　で、被り物装備は事前に駅のショップで買っといたから完璧っと」

香澄は誇らしげにそう言って、可愛らしいミスマウスのカチューシャを揺らした。

ファンにバレないかこっちが不安になるほど、さっきからずっとハイテンションではしゃいでいる香澄だが、顔バレ対策としてミスマウスになりきれるマスクと手袋を身につけているので、本当に近くまで近づかないと彼女が香澄ミルだとバレることはないだろう。

ただ、飛び抜けたスタイルの良さから、周りの視線をチラチラ集めてはいるのだが。

そんな香澄は、まるで某番組のファッションチェックのように、着なれない俺のモノトーンコーデを上から下まで眺めていた。

「うんうん。やっぱりカッコいいね」

「……おう」

香澄の言葉はストレートすぎて、たまに反応に困る。

しかもそれがもっとアイドルらしい言い方だったらいいのに、こういう時に限ってサラッと言うものだから、罪に認定した方がいい。

「蓮くん、今のお世辞だと思ってるでしょ」

「もちろん」

「なんで疑うかなー？　私がコーディネートしたんだからカッコいいに決まってるのに」

「っな」

こうやって否定する余地すらなくすとか、ずるい生き物すぎるだろ‼

「そういう香澄こそ似合ってる」

「ありがと。あははっ。耳真っ赤だよ。無理しなくていいのに」

「なっ……！」

俺がパッと手で耳を隠そうとすると、香澄はクスクス笑って口を開いた。

「普通になるためとか身バレ対策とか抜きにしても、次会う時も服は絶対君に選んでもらおっと」

「……なんで」

「だってまた、似合ってるって蓮くんに褒めて欲しいんだもん。それ以外に理由ある？」

「っだからぁ！」

あざといんだって‼

それから俺達は雑談をしながらディスティニーランドの開園を待ち、入場と共にファストパスを取って、ダッシュで一番人気の乗り物に急いだ。

それから休む間もなく下調べしていたカフェで朝食を食べ、ファストパスを使って乗り物に乗り、パレードがよく見える場所を確保してレジャーシートを敷く。完璧だ。

パレードが始まるまではまだしばらくあるので、ようやく一息つける。

ここまでくると、これ自体が一つの競技のように思えてきた。

「すごいんだな……ディスティニーランドガチ勢って……」

「ね。下調べも入れたら結構大変だよねぇ」

「けどここまで楽しいの、久々かも」

「えっ、やったぁ！」

香澄は万歳をして笑っていた。

「そんな喜ぶ？」

「喜ぶよ！　……実はね、ミルばっかり蓮くんに迷惑かけてて申し訳ないなって、結構気にしてたんだ。だから、やっとちゃんと貢献できて嬉しいし、何よりこうやって一緒に楽しんでくれてるのが嬉しいの」

「……なんだよそれ。楽しくなかったらここまで張り切ってないわ」

それに、ここまで本気で付き合ってくれる人なんて、今までいなかったから。

「…………俺の方こそありがとな。俺の夢中になれるもの探し、付き合ってくれて」

「それ言い出したら私こそ迷惑かけまくってるもん」

「それはそうだわ」

「普通そこで納得するかな？」

とは言っても、香澄がただのワガママアイドルだったら俺はとっくに匙（さじ）を投げていただろう。それが、香澄だったから。あの時真剣な目で握手してくれたから、そして彼女の努力を知ってしまったから、俺はこうやって頑張れているのである。

「そうだ。とりあえずパレードまで時間あるし、写真でも撮るか？」

「え。この状態で撮っても私って分からないよ？」

「別にいいだろ。アイドルがブログに載せるようなやつじゃなくてさ、俺たちの思い出にしたいだけなんだから」

「……それもそうか。あーー、ほんと私の悪いところ。すぐアイドル基準で考えちゃう」

「ま、普通の女の子もＳＮＳに載せる写真にはこだわるし普通じゃね？」

「君はほんとーにいいやつだなぁ」

香澄は噛み締めるようにそう言って、スマホのカメラを構える。

「じゃ、アプリで撮りたいから私が撮るよ。三、二、一っ……わ!?」

瞬間。突風が吹いて、巻き上がった香澄のサラサラした髪が俺の顔に直撃した。

「あははっ！　ねぇ見て、すごい写真撮れたっ」

「俺だけひどくね!?」

突風の中でもぱっちり目を開け、いっさい前髪が崩れていない香澄と、香澄の髪に襲われて半目の俺。

あの、泣いてもいいですか？

「にしてもすごいな。どうやったらそんな鉄壁みたいな前髪が出来上がるんだよ」

「アイドルは事前準備が大事ですから。いついかなる時も可愛くいなきゃでしょ」

「……もうアイドルやめたんだから気ぃ抜いてもいいだろ」

「さっきの発言訂正。アイドルは、じゃなくて女の子は、です。せっかくの初ディスティニーデートなんだから、前髪なんかに邪魔されたら困るの！」

え、なんか今サラッとすごいこと言いませんでした？

初ディスティニーデート？　香澄が??

確かに最初に会った時もスキャンダルがどうこう、と言っていたが……マジで？

それに、何気にデートだと思っていたのは俺だけじゃなかったんだな、なんて。

「じゃあ撮り直そっか。ＳＮＳにはあげないけど、ちゃんと君が写った写真もなきゃね」

思考回路を止められた俺に対し、香澄はなんてことない様子でスマホを構え始める。

パシャリ、とシャッターが切られて。

後で見返したその写真には、耳を真っ赤にした俺と、ほんのり頬を赤くした香澄が写っていた。

「待って、きたっ……ほら、蓮くん立って！」

香澄は突然そう言って、勢いよく立ち上がる。

「何」

「パレードが始まるの‼　何のために蓮くんにダンス叩き込んだと思ってるの⁉　パレードを一八〇％楽しむためでしょう！」

目的変わってますけど⁉

俺の夢中になれるもの探しに来たんだよな、と言いかけて、いつの間にか俺よりも熱中している香澄に気がついた。

「……だからダメなのか」

物事に熱中するスピードが、俺と香澄では違いすぎるのだろう。

一言で片付けたくはないが、これはある意味才能なのかもしれない。

目の前の一人に集中したら何万人が自分の名前を呼んでいてもブレない、と言いきれるような。

周りが見えなくなるほど、何かに『熱中』する才能。

「そうだな。本気でやろう」

鬼コーチ香澄ミルにしごかれ続けた、俺の華麗なパレードダンスを見ろ――‼

「…………いやいやいやいやいや」

秒で撤退した。すごいよ、なんだあれ。

隣で踊っている俺でも惹き寄せられるような、心底楽しくてたまらないと語りかけてくるようなダンス。

被り物を深く被っているから顔は見えないはずなのに、パレードの車に乗っているキャラクター達よりも、香澄は注目され出した。

すごい！　カッコいい！　楽しそう！　何かのプロモーションかな？　と。

歓声に囲まれ、近くにいたお客さんはもう誰もパレードなんて見ちゃいない。

俺はひっそり最後列に移って、お客さん達に囲まれている香澄を見つめた。

えーーと。あの。もしかして俺、やっべぇ子と共同戦線張ったな？

その後。パレードが終わってから、周囲の人の拍手をきょとんとした顔で見ている香澄を素早く回収し、結局人目を集めてんじゃねーかと香澄を叱ったあと、俺たちはアトラクションの列に並ぶことになったのだが、推定待機時間を見た時の香澄の反応が最高だった。

「え〜⁉　こんなに時間かかるのに乗るの⁉　楽しいのなんて一瞬なのに⁉」

「こういうのは並ぶ時間も含めてアトラクションだから」

「ふ、深い………」

「いや、浅いわ。一般人はこれが普通なんだよ」

何故か感動している香澄とダラダラ話しながら並ぶ時間は、なんだかんだあっという間だった。脚こそ棒のようになったけれど。

「楽しかった〜〜！　でも私、蓮くんとしか来れそうにないかも」

「なんで？」

「逆になんで？　こんなに長時間並んでも楽しかったのは、隣にいたのが君だからでしょ」

「〜〜〜っ」

無邪気そうな笑顔が、疲れ切った脳みそにクリティカルヒット。

はい。疲れ、吹っ飛ばされた。

「楽しかったな、ディスティニーランド」

「ね。私もプライベートで来たのは初めてだったけど、すごい楽しかったな～～」

夜のパレードも見て、ちゃっかりお土産を買い込んだ俺たちは帰りの電車に乗っていた。

早い段階で二人分の席が空き、隣同士で座れたのは幸いである。

尚(なお)、香澄は顔バレ対策のために未(ま)だディスティニーフル装備である。周りが次々と仮装を外す中、ずっと浮かれている人みたいで結構面白い。

「で、どう？　ハマりそう？」

「楽しかったけど、ハマるかと言われたら違うかな。もちろんミスターマウスは好きだけど会うために二時間は並べないし、根がインドアだから先に体力とメンタルの限界がきそうだわ」

あと、パレードで限界を見せつけられたし。

本人には言うつもりはないが。

「あーー、そっか。確かに私もどちらかというとインドア派だから分かる。多くて月に一回がラインだよね。今も結構眠気きてるし」

香澄はそう言って、ふわ、と欠伸をした。

「ほら、あったかいでしょ」

証拠を見せるように俺の頬に手をピトリとくっつけた。そのせいでというべきか、おかげでというべきか、緊張で疲れが一瞬ぶっ飛んだ。

あざといは疲労回復に効く。

「でも今日学んだこともいっぱいあるよね！　今後はインドア系で、今まで挑戦したことないことに絞ればいいんだし」

「おー、ポジティブ。頼りになるな」

「今更？　私はずっと頼れますよ～」

「それはそうだ」

俺なんかがお手本にするには、烏滸がましいぐらいに。

心の中でそう付け足して、ゆっくりと染み込んでくる、香澄の体温を感じた。

四．手のひら、さくら

連休を挟んだらどうにかなるかもしれない、なんて現実逃避した考えは甘かったらしい。

『オーラと映えのない生活を心がける』

という目標をかかげ、香澄ミルを普通の女の子に戻すための戦いが始まったのだが、未だ俺達は二人ぼっちである。

「マジそろそろどうにかしようって、この生活」

「むーー。最近ウインクしないように頑張ってる方だと思うんですけど。サイン癖も落ちついてきたし、むしろ褒めて欲しいぐらいなんですけど！　ミルはやっぱり蓮くんの努力不足だと思いまーす」

「だったらもっと映えないように努力しろや‼」

「無理です。ミル、かわいいから」

「くっ……確かにかわいいのが一番腹立つ‼」

きょとん、と首をかしげたミルはくすくすと笑っている。

それを盗み見ていた数人が美貌にやられて机に突っ伏した。

マジでどうにかならないのか、この状況。

ちなみにその中には琴乃(ことの)の姿もある。この調子だとアイドルオタクであることが露見する日も近い。頑張れ、限界オタク。

とはいえ、最近は香澄が何かやらかすたびに俺が早めに注意し、前のように浮くということは少なくなっていった。普通ノートと香澄の素直な態度（またはあざとかわいさ）のおかげで、少しずつではあるが、クラスメイト達も香澄を受け入れ始めている。

かといって、一度大きく揉(も)めた以上、舞菜(まいな)たちのグループとは不干渉状態が続いているが、実害はない。舞菜は性格がハッキリしすぎているものの、人間として良いやつなのだ。

ちなみに俺も廊下で「調子に乗るな」だのと悪口を言われる機会が減ってきた。万歳。

このように、クラスメイトも事務的なことならば少しずつ話しかけてくれるようにはなったのだが、それを片っ端から香澄がオーバーキルしてしまうのが目下一番の問題である。

「とりあえずこれだけ言わせてくれ。すぐ人に大好きって言うな。死人が出るから」

「これでも頑張って意識してるんだよ？　……そもそも蓮くんは照れもしないじゃん。逆になんで？」

「俺はフユねぇで耐性があるからギリ耐えれてるだけであって、内臓はちゃんと苦しくなってるから、出来ることなら俺相手でも今すぐやめて欲しいですけど」

「ふふ。ミルちゃんの『大好き』はボディーブローのようにじわじわと効いてくると評判だったのです……」

「誇らし気に言うな」

この調子では普通の女の子なんて程遠い。とにもかくにも、染み付いたアイドル癖を抜くところから始めてもらわなければ。

居場所となってきた教室の片隅で作戦会議をしていると、珍しいことにクラスメイトの男子が一人こちらへやってきた。

「あの、柏木くんと、か、香澄さん。昨日出た課題の、数学のチャート解いたノート集めてて……。一緒に持っていくから出してくれないかな」

「ほんと！　ありがとう～！　好き‼」

「っ…………⁉」

「だからそれをやめろって……待て、息してないぞ⁉　保健室っ‼」

「あっ、えっ、ごめん⁉」

こうしてまた一人尊い犠牲が生まれた。

香澄はというと、申し訳なさそうな顔はしているが、どこか仕方ないと諦めているようでもある。

「…………香澄！」

「だ、だってこれぐらいしないと私に興味持ってもらえないもん。現に私、今も蓮くん以外の知り合い出来てないし……」

「だからここは握手会じゃないって言ってるだろ。握手会の要領で会話はしない。分かったな？　今香澄がやってるのは友達作りじゃなくてファン作りだぞ」

「……はぁい」

しゅん、と顔を曇らせる香澄。

遠くから飛んできた、琴乃の視線も痛い。

流石（さすが）にそこまで落ち込まれると言いすぎたかと俺まで少しへこむ。

「あーー、もう！　好きって言うこと自体が悪いって言ってるんじゃないんだよ。友達同士で言う時もあるしさ。ただ、その言葉はもっと大事に使っていこうぜっていうことであって」

「分かってる。でも、そのっ……〜〜なんでもない」

絶対なんでもなくないやつだろ、と言えたら話は早いのだが、本人が変わろうとしているところに変に口を突っ込んでいくのも違うよなぁ、というわけで。

　この問題の一番の問題点は、純粋に香澄に悪気がないところなのだ。

「それにしても良い人だね。わざわざ私達の分のノートも集めにきてくれるなんて」

「まぁそれが数学係だからな」

「……なるほど。そのわりに私達は全然仕事がないね？」

「それは文化祭委員だからな。うちは六月に文化祭やるから、そろそろＨＲで内容の話し合いじゃないか？」

　なんでも、最初は秋開催だったのが、文化部の三年生を早めに引退させて受験に集中させるためだとかで六月になったそうだ。

「そっか。まぁ、蓮くんいたらなんとかなるでしょ」

「何言ってんだ、二人でやるんだよ。二人で」

「楽したいからじゃなくて、それぐらい信頼してるってことです〜〜」

「それは、その……」

「ふふ。ミル、蓮くん困らせるの好き」

「俺は嫌い」

「知ってる〜〜」

香澄はそう言って、悪戯っぽく微笑んだ。無駄にキラキラしたアイドル笑顔ではなく、いつもそうやって笑えばいいのに、と思ってしまうが、完璧に染みついたアイドルらしさを封じるのは簡単なことではないのだろう。

香澄はこう見えて真面目な性格だ。

今までのアイドル生活は多忙を極めただろうに学校の勉強にもちゃんとついていっているし、課題を忘れたこともない。寝不足でふらふらしている日はあっても遅刻もしないし、ちゃんと毎日学校に来る。

だから本人の主張通り、握手会癖が抜けるように頑張ってはいるのだろう。……多分。

逆に言えば、自分の元々の性格じゃないことを無意識でやってしまうほど人に好かれようと努力してきたのは相当すごいことである。

それを簡単に否定してしまうのは本当に正しいのだろうか、とふと考えてしまった。

「なーに。ミルに見惚れてた？」

「いや、今日の夜ご飯のこと考えてた」

「私、今日はオムライスがいい！」

「いやなんで一緒に食べるつもりなんだよ。そもそも外食なんかしたら即バレだろうし、その店パンクするだろ」

「え、だから蓮くんが作るんだよ」

「嫌だよ‼」

ナチュラルに夜まで一緒にいる想定をするな。

「ウソ、冗談です。ミルの家、なんもないから蓮くんに来てもらっても困っちゃう」

「だから最初から行くって言ってねぇ」

そして俺相手でも流石にもう少し危機感を持て。

「あーー、もう……」

この短期間で、あまりに日常が香澄ミルに侵食されている。…………困る。


「それでは、文化祭で何をするか決めていくので、案ある人は挙手でお願いします」

「お願いしまーす！」

そこでようやく文化祭委員としての仕事が始まった。

去年は文化祭という響きに憧れて張り切っていたが、二年生ともなると案外地味なその現状を知ってしまっている。

そのため、やる気なさ気なクラスメイトも多いかと思っていたのだが、壇上に香澄が立っているおかげでそんなことは全くなかった。

この時ばかりは香澄様さまである。

「ちなみに今年から、生徒と来場者の投票で優勝したクラスにはご褒美があるそうなので、我々も本気を出したいです」

と伝えたことも勿論大きいだろうが。

さて、まずは内容決めからなのだが――――。

「メイド喫茶！」

「ワンスタ映え写真館！」

と、見事に香澄目当ての馬鹿ばかりである。

こういう時だけ縋ろうとするのは現金というか何というか……。

ムカつかなくもないが、協力してくれないよりはずっといい。

「予算決まってるから、出来る限り可能なやつあげてくれ」

俺がそう言うと、

「うちだけ予算増やせない？」

や、

「俺らが実費で出せばワンチャン？」

という声が馬鹿どもから上がるが、とりあえず無視して、と。

「飲食系にするなら、みんな結構シフト入ってもらわなきゃいけなくなるけど」

「えーー、それはどうにかしてくれよ」

「確かに。部活の発表もあるし」

「でも文化祭の華はやっぱ飲食じゃない？」

「ミルは楽しそうだから賛成でーす」

香澄はニコニコしてないで止めてくれ。

何のために俺がネガティブ意見を言ったと思ってるんだ。

これで飲食系に決まって香澄が店番になりでもしたら、当日の混雑を整理するのは俺なんだよ‼　その辺、ちゃんと理解してくれないと困るんだって！

「じゃあたこ焼きとかやる？」

「えーー。そこはお化け屋敷でしょ」

「あ、ちなみに定番系は他クラスと被ったら企画プレゼンバトルになって、負けたクラスはほとんど展示とかになるから気をつけてな」

「柏木、それを先に言えよ⁉」

「じゃあ無難に縁日とかいっとく？」

ポンポンとあがる意見。それを後ろで黙々と書き留める香澄。

自分が意見をまとめる役になったらみんな意見言ってくれないだろうし、という香澄の発想からのネガティブな役割分担だったが、俺は字が汚いし、文字にまとめることは出来ないから、これが最適解だったのかもしれない。

「もういっそのこと演劇でもする？」

「ウケる。演目は？」

「ロミジュリだろ」

「やばすぎ。そういやこの前さぁ」

なんだかんだ案はポンポン出てくる。

しかし、案が出過ぎたせいで徐々に話が逸れていっているのも事実だ。

ここら辺で多数決に踏み切りたいが、今出ている案の中で実現可能なものは少ない。

このまま意見を募集するべきか、と悩んでいた俺を救うようにスッと上がる手があった。

「あの、クラスで映画を撮るとかどうですか？　そしたらシフトで教室にいなきゃいけない人は少なくなりますし」

シャンとした背筋に、凛とした声。琴乃だ。

「お、いいじゃん。それなら材料費も劇よりかからなそうだもんな。カメラは最近良いやつ貰ったから、うちのやつ使えばいいし」

貰ったというか実際は、俺はもういいと言ったのにも拘わらず、フユねぇが約束はちゃんと守ると言い張って送りつけられたものだが。

「いいんじゃね？　そしたら休みとかもみんなで集まってさ、仲良くなれるし」

「打ち上げでカラオケ会とかしよーよ。ウチ、そういうの憧れだった」

「分かる～！　当日シフト少ないのも助かるよね。部活で忙しい子もいるし」

「でも台本とかどうする？」

「あ、それなら私が書いてもいいですか？　実は一度やってみたくて」

「ほんと！　委員長ってマジなんでも出来るね。ありがとう‼」

「ねーねー、内容はクラスに関することとか、ミステリーとかやったら面白くない⁉　クラスみんな嘘つき、みたいなさ。そしたら衣装制服でいいから用意しなくていいし！」

琴乃の意見を皮切りに、さっきまで目立つ男子しか意見を言い出さなかった教室に、ポンポンと意見が飛び交う。

琴乃の方を見ると、パチン、と香澄のものを見慣れた立場からすると下手くそなウインクが返ってきた。

どうやら俺が困っているのを見かねて助け舟を出してくれたらしい。

流石、委員長五年目の人間は違う。

「じゃあ内容はオリジナル映画上映でいいって人は手ぇ上げてくださーい」

数えるまでもない賛成多数。

どうやら内容はオリジナル映画上映で決まりみたいだ。

それにしても早く決まって良かった。去年は全然意見がまとまらなかったのに文化祭委員が土壇場で企画書出したら何故か通っちゃって、喧嘩しながらチョコバナナ売ったし。

確かにこれなら材料費も抑えられるし、当日香澄が現場に出て混乱することも避けられる。それに、演技とくればドラマにも出演していた香澄にとって得意分野だろう。これをきっかけによりクラスに馴染めるかもしれない。

やったな、という意味をこめて香澄を見やると――――。

「私、出演するのはやめとこうかな」

香澄は、明るく、キラキラとしたアイドルスマイルでそう言った。

「出るのが嫌とかじゃなくてね？　ほら、私ってばトップスターだから、私が出たら人いっぱい来て困っちゃうでしょ」

冗談のように言ったその一言で、一瞬不穏な空気が流れた教室がすぐに明るくなる。

「あーー、確かに。それなら仕方ないよな」

「みるふぃーが出たら勝ち確だもんね。あーあ。大賞取れそうって思ったんだけどなぁ」

「ふっふっふ。実は私のキャスティング料、お高いんですよ……！」

「実はというかあからさまだよ」

「えっ」

よっ！　天然ポンコツ。しかし、そんな様子が可愛くて親しみやすい、と案外クラスメイト受けがいいので、このまま馴染む日も遠くはないのではないだろうか。

俺はボケに走った香澄を回収してからまとめに入った。

「じゃあ俺がカメラ担当、委員長が脚本担当、残りは小道具作る人と編集協力ってことで。とりあえず企画書はそんな感じで出しときまーす」

パラパラと起こる拍手。こうして今日のＨＲは平和に終わりを迎えた。

あとは俺と香澄で企画書をまとめて、職員室へ提出しに行くだけである。

そして放課後。俺たちは二人で教室に残り、黙々と企画書をまとめていた。

「なぁ、あのさ。本当に良かったの？」

「……何が？」

「映画、出なくて。あんだけ文化祭に憧れてたたのに」

「裏方も立派な仕事だしっ。あーあ。裏方差別ですよ。蓮くんってばいけないんだぁ」

「いやそういう意味じゃなくてさ」

踏み込むような関係ではないのかもしれない。それでも、踏み込んでみたいと思った。

アイドルになるために生まれてきたぐらいあざとくて、実は照れ屋で、浮世離れしてて、仲良くなったら距離感がバグる寂しがりや。

二人ぼっち、と言いきれるほど二人でいて、彼女が何かに気を遣っていることは薄々感じていた。

「ん、いいの。だってミル、どうせまた壊しちゃうから」

ミルフィーユの、層が崩れる。

だから俺は、その星を詰め込んだように煌めく大きな瞳が、一瞬、涙を堪えるみたいに揺れたことに気づいてしまった。

あんなに人気者だったのに俺以上に友達がいなくて、誰かに自分から「好き」と言わないと嫌われてしまうと怖がって、ガチガチに『アイドル』で武装して生きている。

そうしないと、生きられないみたいに。

「……何だよそれ。壊すって、何をだよ」

「この出し物ごと、壊しちゃうってこと。私、空気読めないし。まだ普通も分かんないし。

気づいたらみんなを置き去りにして突き進んじゃうから」

「そんなの分かってるけど」

つまり香澄は、この前のディスティニーランドでのパレードのような状態を作ってしまうかもしれないと言いたいのだろう。

たかが遊びに行ったパレードであれなのだ。

アイドル時代は数えきれないぐらい、自覚のないままあの状態を作り上げては、周りの人に距離を置かれてきたのかもしれない。

「でも、そのために俺がいるんだろ」

香澄と比べると、熱中するための機能がぶっ壊れているのかと思うぐらい、何にも熱くなれない俺が。

最初は自分が変わるためだった。それがもう、本気で香澄の力になりたくなっている。

見かけ以上に不器用で、強いのに脆い香澄の。

「本気で失望するかもよ？　私を誘わなきゃ良かったたって、後悔するかも」

「それは俺の責任だし」

「でも、そしたら、またああなっちゃうかもしれないじゃん！　せっかく、蓮くんが協力してくれて、話しかけてくれる人も増えてきたのに」

　香澄の言葉は止まらない。

「そしたらもっと普通から遠ざかって、一人になって、失敗して、きっとまた」

　あぁ、そうか。

「俺に嫌われるの、怖いの？」

「そんっ、なわけ」

「じゃあその結果一人になって、失敗するのが怖いとか？」

「っ…………‼」

　どうやら図星らしい。

「弱気ですねぇ、香澄さんともあろう人が。傷つかないと手に入らないって言ってたじゃないですか」

「敬語うざい。そうだよ。そりゃそうだけど、最初から諦めちゃえば手に入らないとかないもん。……蓮くんも分かるでしょ？」

　じぃ、と大きな瞳が俺を捕らえた。

　そうだよ、痛いほど分かるよ。だってずっとそうやって生きてきたんだから。

　でも、香澄がそれを言ってどうするんだよ。

「分からねぇよ。俺は、変わるって決めたから。香澄のせいで」

俺の言葉を聞いて、ハッとした顔をして俯いた香澄は、小さく口を開く。

「ミルなんかに変えられんな」

「無理だな、もう変えられちゃったから」

「……諦め悪い」

「それ、俺のいい所にする予定」

にっこり笑ってそう答えると、香澄は言葉にならない声をあげて、ジロリと俺を見上げた。

「っ……もう！　映画に出るの諦められなくなったの、蓮くんのせいだから‼」

勝った！

俺は嬉しさを堪えきれない表情筋を引き締めて口を開く。

「じゃあ、代わりに約束してやるよ。しつこく誘った以上、絶対一人にしないって」

「一人が寂しいとか、言ってない」

「そうだな」

「失敗なんていっぱいしてきたし」

「そうだよな」

それから少し、間があいて。

「……そこは慰めろ」

香澄は小さな声で毒づくと、ん、とこちらに手のひらを差し出してきた。

「なんかマーク描いて」

「なんで？」

「いいから！」

言われるがままに赤ペンでハートマークを描くと、香澄は満足気に頷いた。

「よし。じゃあ、この証に免じて信じようではないか」

「……何の証？」

「え、ミルちゃん好き好きマークだよ。これがある限り、ミルは蓮くんに迷惑かけてよくて、ワガママ言ってもいいの」

「何だそれ」

「だってミルのこと嫌いにならないんでしょ？」

あざとくそう言って笑う香澄は、すっかり普段の様子を取り戻している——ようにも見えたが、香澄の笑顔に見慣れた俺にはどこか歪な笑顔に見えた。

「…………仕方ないから、そういうことにしておく」

そもそもう、こうやって香澄の歪みを知ってしまった時点で俺は、きっと嫌いになんてなれやしないのだ。

香澄は、満面の笑みで嬉しそうに手のひらを眺めている。

「よし。じゃあ、消えたらまた描いてね、桜マーク」

「それハートのつもりなんだけど」

「えっ、桜の花びらかと思った。ミルの髪色選ぶとか、ミルのこと好きすぎかよって」

「あーもうそういうことでいいよ」

「またまたぁ。そういうところ、好きだぞ〜」

「あざとい」

「知ってる」

知ってるなら抑えろよ。なぁ。いつか俺、冗談抜きで死ぬぞ。

「……じゃあとりあえず委員長に相談するか。いい感じで香澄出してくださいって」

「そんなコネ出演みたいな言い方やめてくれないかな⁉　久遠(くおん)ちゃんも呆(あき)れるよ」

「いや、めっちゃ喜ぶと思うけどな」

弾む軽口と、進む企画書。

昨日よりも少しだけ、距離が近づいた気がした。

五．清楚系・デート・破壊力

ＨＲで文化祭の内容決めをしてから早一週間。

桜は全て散り、少しずつ街中が若葉色に変わっていくのと同時に、香澄はクラスに馴染み始めた。

流石にもう他クラスから覗きに来る人はいなくなったし、クラスでは若干遠巻きにされているものの用があれば話す、ぐらいに落ちついてきたのだ。

琴乃は未だに限界化していることもあるが、なんとか慣れ始めてはきたらしい。それは良いことなのだが、いつもすました顔をしている琴乃が、香澄の前では挙動不審レベルＭＡＸになるのは面白くって仕方がないので、俺としては慣れないで欲しい気持ちもある。

問題だった香澄の握手会癖こそまだ治っていないが、最初よりはマシになってきたはずだ。……というより、クラスメイトの方に耐性がつき始めた、と言う方が正しいのかもしれないが。

そのおかげで、今週のHRの時間に香澄が、やっぱり一シーンだけでも出てみたいと頼み込んだ時の反応も温かいものが多かった。

やっぱりみんな、とてつもない美少女の演技が見たいのだ。

クラスメイトから、本当は出て欲しかった、という声を聞いて泣きそうになった香澄が必死に手のひらをつねっていたことと、それを見た俺がうるっときたのは秘密である。

ということで、無事に企画書を通すことが出来たうちのクラスは、早くも文化祭準備に取り掛かっていた。


「もしもし？」

「もしもし。柏木(かしわぎ)くん、今って時間ありますか？」

琴乃から電話がかかってきたのは、内容の方向性をクラスで話し合って決めた日の夜だった。琴乃が電話をかけてくるのは、いつも深夜だ。

「あるけど。何かあった？」

「その……ちょうど今脚本を書いていたんですけど、行き詰まってしまって。もし良ければ相談に乗って欲しいなぁ、なんて」

「もう書いてくれてんの⁉　え、すごいな。ありがとう」

「いえ。やりたいって言い出したのは私ですし」

頼もしすぎる。彼女が昔から読書感想文やら人権作文やらで表彰されていたのは知っていたが、まさか脚本も書けるとは……ハイスペックとはまさに彼女のことを言うのだろう。

「いや。そもそも委員は俺なんだし、相談あったらいつでも電話してくれていいから。どうせ暇してるし」

「そんなこと言っても、最近の柏木くん、暇じゃなくなっちゃったじゃないですか。柏木くんのいいところは深夜に電話してもどうせゲームでもしてるんだろうって気を遣わなくてもいいところだったのに」

「失礼だな。……今もちゃんと暇だよ」

「嘘ばっかり。先週から、映画の撮り方、みたいな本、図書室でいっぱい借りて寝不足になってるの知ってますから」

「なんで知ってんだよ!?」

「教室でも読んでたら、普通に気づきます。授業中も居眠りしてばっかりだし。……柏木くんが倒れたら困るのは私だけじゃないんですからね」

「…………ん、ありがとな」

深夜の方が捗るから、と何かと夜ふかしをして、時間を有意義に使おうとする癖は、俺にもある。翌日しんどくなるということは分かっているのだが、やめられないのだ。

自分に足りないものがたくさんあることは分かっているから、理想に追いつくためならどれだけ無茶をしてもいいと思ってしまう。

中学の頃でやめたはずの癖だったが……最近、香澄のためにも良いものを作ろうと意気込みすぎて再熱したらしい。

俺は一度、中学の頃にカメラにも手を出したことがある。その時にフユねぇと撮影ごっこをした流れで映画撮影に興味を持ったこともあったのだが、がむしゃらに周りの景色を撮ることしか知らなかった俺は、空想を形に出来ずにすぐ冷めてしまった。

フユねぇにカメラのことをぼやいたのはいつかそのリベンジがしたいと思っていたからなのだが、こんなに早くリベンジの機会が来るとは思ってなかったからな。

勉強不足のせいでみんなの足を引っ張ることがないように、と勉強し直しているのだがなかなか上手くいかない。

しかし、私だけじゃない、ということは琴乃は俺を当たり前のように心配してくれているらしい。

お互い悪い癖をやめられないくせに、心配だけはするなんて、本当にお前が言うな、なのだが、こうして不器用に心配してくれる琴乃がいたから、チャレンジ精神の化け物だった俺は壊れずに今ここにいるのだろう。

………もっとも、そんな不名誉な二つ名はまだ認めていないが。

「それで、その。話の大筋は決まったじゃないですか」

「あぁ。普通の高校生である主人公の元に、一通の手紙が届くことから始まる日常学園ミステリー、だっけ」

タイトルは、『クラスメイト』。

どうせならこのクラスを活かしたものにしたいということで、クラスの中で起こる謎を実際にクラスメイトと協力しながら解いていく、というストーリーに決まった。

ちなみに香澄は最後に登場する、物語の鍵を握る謎の美少女役である。

「はい。ミステリーの内容については、ミステリー研究会の皆さんがまとめてくれるということで、どうにかなりそうなんですけど。私、今まで映画といえば洋画しか見たことがなかったのでコメディ要素が今ひとつよく分からなくて」

「あーー、そっか。琴乃、お嬢様だもんな。確かに日本のアニメとかの、日常系のコメディも挟むような映画、全然観てるイメージないわ」

「……なんかそう言われたら言われたでムカつきますね」

「はいはい。ここは庶民代表の俺がアドバイスを……って実際に観に行ったら良くね？」

「…………え？」

「だから、映画。ちょうど明日からさ、見たかった映画が公開されるんだよ。原作漫画読んでるから内容の面白さはマジで保証する！」

そうだよ。俺が口頭でちまちま説明するよりも、実際観てもらった方がいい。

それに一人映画も好きだが、たまには誰かと感想を語りたいと思っていたのだ。

ちなみに香澄は、顔バレの可能性に怯（おび）えなければならないのでよっぽど人気のなさそうな映画以外アウトである。

「えっと、その。それはつまり、私と柏木くんで一緒に観に行くと……？」

「あぁ。あ、嫌とか忙しいとかなら全然断ってもらってもいいからな。俺、一人映画出来るタイプだし」

「ぜっ、絶対行きます！　絶対。絶対絶対、一緒に行きますから‼　一人で行ったら怒りますよ⁉　一人だけ映画知識深めようとか、抜け駆けはなしです！」

こんなことにも勉強熱心なのか。流石委員長歴五年目は真面目さが違う。

「分かったって。じゃあ俺、明日の放課後掃除あるから、五時ぐらいに校門前に集合でいい？」

「大丈夫です。……また、明日」

「おう。また明日、楽しみにしてるわ」

プツリ、と切れる電話。

そのせいで今が深夜であることを再確認してしまって、少し虚しくなる。

「……って俺、すごいサラッと誘ったけどこれって普通に放課後デートだよな？」

放課後デート。なんていい響きなんだ。

今になってじわじわと頬が熱くなってくる。あんな提案を気軽にしてしまったのは、最近香澄といるせいで感覚がバグったせいだろう。

今思うと、なぜあんな勢いで琴乃を誘えてしまったのかが分からない。

「いや。いやいや、これはクラスのためだし。デートじゃなくて勉強会だよな……」

こんな勘違いをしかけたのは、この前サラッとデートだと言い切った、香澄のせいだ。

自惚れるな、俺‼

「琴乃、さっきぶり」

「早かったですね、柏木くん」

「いや、その、まぁ、うん。たまたま早く終わってさ」

嘘である。この後の予定にソワソワしている俺を見かねたクラスメイトが早く帰ってもいいと送り出してくれたのだ。

しかもその予定が、学年公認の高嶺の花の委員長と映画だなんて知られたら殺されかねないから、死んでもバレるわけにはいかない。

「じゃあ行くか。とりあえず最寄り駅まで歩いて、そこから電車で二駅だな」

「意外に立地いいですよね、うちの学校」

「そうだな」

と、なんでもない会話をしながら見慣れた道を歩く。

しかし、琴乃との付き合いは四年前からだが、こうして一緒に出かけるのは初めてだ。クラスの打ち上げで外食したことはあっても、その時は二人きりじゃなかったし。話す時も大抵電話だから、実際に隣に琴乃がいるのは久しぶりな気がして変な感じがする。

四年前はそれほどではなかった身長差も今ではそこそこひらいて、琴乃の揺れるポニーテールを上から見下ろせるようになった。

「……それにしても暑いな」

「ですね。途中でアイスでも買って半分こします?」

「いいね。あっ、琴乃お嬢様が買い食いだなんていいんですかー?」

「ただでさえ暑いのにうざいことするのやめてください」

「あはは。琴乃がクールなおかげで俺は涼しくなったわ。ラッキー」

「～もうっ、行きますよ！」

そっぽを向いてスタスタと歩き出す琴乃。

その姿は四年前とは変わってしまったが、俺たちの間にある距離感は変わらないままだ。

「それにしても懐かしいですね。中学の頃も何回か、こうやって寄り道したのを思い出しました」

「あーー。先生に雑用させられて、琴乃が割に合わないってキレてた時とかな。あの時食べた肉まんが一番美味しかったな」

「キレてないですし。……私、あれからどうしても冬になったら肉まんが食べたくなるんですよね」

「なんでそんな罪みたいに言うんだよ。いいことじゃん」

「そういえばジャンクフードを買うようになったのも柏木くんが雑用のお供にって持ってくるからで……あれ？　私の食の好みがおかしくなったのってもしかして」

「冤罪、ダメ、絶対」

「ふふ。冗談ですよ」

なんて、懐かしい会話をしていたらコンビニはもうすぐそこだ。

分けて食べられるタイプのアイスを買い食いし、溶けそうになりながら駅までたどり着いた俺たちは、電車に乗って映画館へやってきた。

買い食いがバレないようになのか、速攻でアイスを頬張っていた琴乃の姿がリスみたいで可愛かったので、つい動画を撮ろうとしたらデリカシーがないと怒られ、言い合っているうちに着いていたが、変な緊張が吹き飛んだことは幸いである。

俺たちは学生証を見せて高校生料金で二枚チケットを買い、売店でしっかりポップコーンとコラボドリンクを買って両手に装備し、完全に浮かれきった二人組となった。

俺は普段、買うのは飲み物だけか、もしくは手ぶらで映画だけ見て帰る派なのだが、

「あの、柏木くん。ポップコーンはどこで買うものなんでしょうか。それと、キャラメル味と塩味どっちも食べたいのですが、柏木くんは何味にしますかっ？」

と、琴乃がキラキラした目で聞いてきたので、そんなことは言えなくなってしまったのである。

「じゃあ俺が塩味買うから、琴乃がキャラメル買って。他に食べたいものは？」

「……実を言うと、その、コラボのチョコレートドリンクも飲みたいです。でも、周りで頼んでる人そんなにいなくないですか？」

「そんなことないだろ。なら俺もそうするから、二人で豪遊しようぜ。俺たちの友情記念ってことで」

「なんですか、それ。…………まぁ確かに、今も仲良くしてる中学の知り合いなんてあなたぐらいですけど」

「だろ？」

「何が、だろ？　ですか。あなたも私以外に中学の知り合いなんていないくせに」

「クリティカルヒットやめろや」

ということで全身フル装備となった俺たちは、シアターへの通路を通る時にチケットを出せなくなってちゃんと困った。

そこで久しぶりに、優等生の委員長が、「どうしたらいいんですか、柏木くん！」とパニックになる姿が見られたので、突然の出費なんてプライスレスである。

それから俺たちは席に着き、俺はポップコーンに感動する琴乃をニヤニヤ眺めては怒られて、映画が始まってからは食い入るようにスクリーンを見つめ、号泣しながらシアターを後にした。

「最後は反則だと思います。ずっと学園ほのぼの系ミステリーだったのに、実はあの女の子が一〇年前に死んだ幽霊だったなんてっ……」

「ほんとそれな⁉　俺なんて原作知ってるのに混乱しちゃってさ、おかげでよそ見出来なくなってポップコーン全然減らなかったわ」

「ぐすっ……ポップコーン美味しい……」

「せめてもう少し余韻引きずってくれよ」

映画館の休憩スペースで泣きながらポップコーンを頬張る琴乃。

ジャンクフードが好きなのは分かったんですけど、その、ねぇ？

「でもちょっと分かった気がします。目を引くような、映画の脚本の書き方」

「そうか？　それなら良かった」

「二週間後ぐらいには完成させてみせます。連れてきてくれてありがとう、柏木くん」

「俺はただ純粋に映画観たかっただけだから何もしてないよ」

俺もカメラワークに集中してみたが、プロの技すぎて何も摑めなかったので、逆に申し訳ない気持ちである。しかし、帰ったら惹き込まれた部分を箇条書きで書きだすところから始めなければ、とワクワクしているので、今日のことは無駄ではなかったのだろう。

「じゃあポップコーン食べきったら急いで帰るか。琴乃、門限ヤバいんだろ？」

「はい。でも、今日は学校で文化祭関係の居残り作業があるって嘘をついてきてるので、ちょっとぐらい大丈夫です」

「お、委員長悪いんだ～～」

「柏木くんのせいでしょう。それに私も、両親にデートのことを話すぐらい馬鹿正直じゃないです」

デート。デート。……デート？

「っ、い、今のは冗談ですけど！」

口を滑らせた、とでも言いたげに、顔を真っ赤にした琴乃。

「ち、違いますからね。その、男女二人で出かける時はデートって言うって友達が！」

「そ、そうだよな。最近は女子二人でも遊ぶ時はデートって言うんだよな、うん！」

「そうです。そういうやつですから勘違いしないでくださいね⁉」

琴乃のポップコーンは残り五つほど。

心臓が普段の二倍の速度で動き始めた俺は、駅までの約四百メートルを、どんな顔をして彼女の隣を歩けばいいのだろう。

Side：久遠琴乃

「ただいま」

暗い玄関に電気をつけて呟いた。あまりに空虚。返事がないのはいつものことだ。

私におかえりと言ってくれるのは、クローゼットの中に隠したふゆちゃんの写真だけ。

アイドルが、好きだ。とっても遠い場所にいるから。

憧れて、どれだけ焦がれても、一方的に好きなままでいられる。

相手と自分が同じ想いを抱いているなんて、分不相応な願いを抱かなくてもいい。

いっそ、柏木くんがアイドルなら良かったのに。

私はデートの余韻を引きずったまま、制服も脱がずにベッドの上に倒れ込んだ。

きっと柏木くんは今日のことをデート　なんて思っていない。今、私がファイルにいれて大切に保管した映画の半券なんて、多分もう捨てている。

いつも自分のことに夢中な柏木くんは、きっと人を好きになんてならない。

きっと一生報われない。

「…………っそれなのに、こんなに」

初めて会った時、おかしな人だと思った。

あれでもない、これでもないって、『何か』を探して、一人でも賑やかな人。

――羨ましいと、思った。

だって私には、ただここから逃げ出したいという思いしかなくて、その先どうしたいかなんて考えるほどの余裕もないから。

優等生で、委員長で、私はただそれだけで、誰よりも無個性だった。

でも、柏木くんは、柏木くんだけはずっとこんな私と一緒にいてくれた。

高校に入っても、友達に囲まれていても、どこかつまらなそうなまま。

私と同じで、何もないまま。

嬉しかった。このままずっと、一緒で、彼が前に進む時は私が当然、隣にいるものだと思い込んで、自惚れて、ただ祈っていた。

『もしもし。柏木くん、今って時間ありますか？』

暇な時を装って電話をかけて、夜中に一時間ほど話すだけの柏木くんが大事すぎて、そんな自分に嫌気がさしている。

ＬＩＭＥでは同じ数と同じ大きさの吹き出ししか送っちゃダメだとか、いつもこっちからばかり連絡しているとか。

だって絶対、柏木くんの方はそんなこと、一度も考えたこともないだろうから。

『俺はただ純粋に映画観たかっただけだから何もしてないよ』

「…………すき」

届くわけがないのに、天井に手を伸ばす。

ねぇ、私、そういうところが好きなんです。

私が柏木くんを好きなんて、微塵も気づいてなさそうなところ。

私がその優しさを勘違いしないって、勝手に決めつけているところ。

知らないでしょ？　私が電話をかける前にどれだけ緊張しているかとか、横顔を盗み見るだけで気づいたら授業が終わっていることとか。

でも、いいんです。一生気づかなくていい。

だから一つだけ、約束して欲しいの。

何にもない、規則だらけの私の人生には、柏木くんさえいればいい。

私は、キラキラした目で映画のことを話している柏木くんを瞼に映して、布団にうずくまった。

このまま変わってしまわないで。

――――私を、置いて行かないでください。

六．傷だらけミルフィーユ

「じゃあ今日から実際に撮影に入っていきたいと思いまーす」

花粉も収まり、快晴が続き始めた放課後。五月ももう中頃だ。

無事に委員長から脚本があがったので、俺たちは立候補者をもとにキャスト班、映像班、道具班と三つに割り振って、早速オリジナル映画の撮影に入った。

ちなみにキャスト班は香澄、映像班は俺、道具班は琴乃と、一人責任者を決めて割り振る仕組みが功を奏したのか、今のところいい感じで進んでいる……多分。

「柏木、ここのシーンってどうやって撮る予定？」

「そこは簡易三脚で固定してスマホで撮ってもいいから、先進めてもいいぞ」

「了解。じゃあ出来る限りやってみるわ」

正直去年のチョコバナナの惨劇を見ている以上、誰も協力してくれないのではないかと震えていたのだが、始まってみると案外みんな協力的で驚いた。

映像班もいざとなったら俺が全部撮りきるぐらいの覚悟は決めていたのだが、放課後準備の参加率も高かったり、「これMeTubeで見たんだけど、スマホでも結構良い感じに出来るらしいから分担して撮ろう」と提案してくれたりと、新学期から一ヶ月が経ってようやく、いいクラスに入れたんだなぁと実感し始めている。

「柏木〜〜。ここってさぁ」

「オッケー、今行く」

最初の一ヶ月はとにかく香澄につきっきりだったから、俺にも少しずつ話しかけてくれる男友達が出来始めて嬉しい。

ところで香澄はというと、慣れない演技指導を頑張っているようだ。最初は心配だったのだが、「私だっていつまでも蓮くんのお世話になってられないし。ま、ようやくミルちゃんの力を発揮する時がきたって感じかな！」と豪語するので任せたところ、意外にもそこそこ上手くやっているようだ。

「柏木！　香澄の実演で一人倒れたから保健室送ってくわ」

……たまにクラスメイトを悩殺しながらも。

「ごめんなさいごめんなさいごめんなさい」

「みるふぃーが謝る必要ないって。仕方ないことだし」

「そうそう。香澄ちゃんに悪気がないのはもう分かってるから」

「じゃあ撮影続けよ〜。どうせ一〇分ぐらいしたら戻ってくるでしょ、アイツも」

四月と違うのは、周りが香澄を理解し始めたことだろう。

毎日真面目に登校し、課題を提出し、俺に怒られながらもクラスメイトに話しかけ続けた香澄の努力は無駄ではなかったのである。

「………ありがとう、みんな」

クラスメイト達に慰められ、香澄は感極まった顔で小さくお礼を言って、演技指導へ戻っていった。

「っ……！」

すると、その際に俺の視線に気づいたのか、嬉しそうに手のひらをこちらに向けてくる。

あ、ダメだ。俺まで涙腺きつい。なんか泣けてきた。

なんだよ俺、ガチで保護者かよ。

「よしっ、俺も負けてられないよな……！」

俺のやりたいこと探しも、まだ始まったばかり。

新しいことを始めるのも大事だが、今は目の前の映像作りに集中しなければ。

目の前のカメラだけに意識を集める。

その瞬間、ふっと周囲の音が消えた、ような気がした。

やっててよかった香澄式。少しずつでも、また一歩、本物に近づけそうだ。

俺はレンズの調節をしながら、日光の眩（まぶ）しさに目を細めた。


それから少し経って、文化祭の本格準備に入ると、学校全体がなんとなく浮き足立ち始めた頃。

「お、蓮じゃん。元気してた？」

下駄（げた）箱で声をかけられた俺は、懐（なつ）かしい声に振り返って返事をした。

「元気元気。マジでクラス離れてから会わなくなったな、俺たち」

「それ。ＬＩＭＥではよく喋（しゃべ）るから久しぶりな感じしないけど」

田所だ。舞菜とそれとなく気まずくなってからも、田所はよく連絡をくれたりして、普通に仲良くやっている。

「ほんとそれ。てか、なんか知らない間にみるふぃーと仲良くなってるし。なぁ、俺たち友達だよな？　もちろん俺に紹介してくれるんだよな!?」

「そんなわけある？」

「あるある。……あの、冗談なので今度サインもらってきてくれませんかね」

「……最初の頃、遠くのアイドルでいて欲しかったとか言ってただろ」

「それは気の迷いじゃん‼　実際見たら天使だし。やっぱ別格だし。っていうかクラス離れたやっかみみたいなもんじゃんよ〜」

「はいはい。気が向いたらね」

「うわっ、一生向かないやつだ」

当たり前だろ。

俺はにっこり笑って話題を変えた。

「そういや文化祭、そっちのクラスは何する予定？　俺、今年文化祭委員なってさ」

「うわっ。去年のチョコバナナを経験してよく文化祭委員やろうと思ったな。俺のクラスは枕投げだよ。マット敷いて枕用意するだけだから準備楽だし」

「あーー、その手があったか」

確かにそうしたら休日を潰す必要もなく、前日にマットの運び込みをするだけでいい。

「蓮のクラスは？」

「俺のクラスはオリジナル映画撮って上映しようってなってさ。今必死に撮ってるとこ」

「マジでお前何でも出来るな。なんか一年の最後の方、作曲してなかったっけ。ほら、俺まだあのカップラーメンの歌、歌えるぞ」

「は⁉　忘れろよ‼」

「むーり♡」

……殴るか。

好きなバンドに憧れて衝動でギターを買ったものの、作曲は過去のチャレンジ史上一番向いていなかったので思い出したくない記憶である。

立ち話中に安易に人の黒歴史を掘り起こさないで欲しい。

「ひってぇ。てか待てよ、蓮のクラスって三組だっけ？」

「そうだけど」

「やっぱそうか。なんかめっちゃ出来レースとか言われてるけど大丈夫なん？」

「…………は？」

詳しく聞かせろ、と聞き出したところ、なんでも他クラスで『三組は香澄ミルがいるからズルい』や、『出来レースになるから参加しないで欲しい』という意見が流れ始めているらしい。

「いや、俺のクラスは準備もしたがらないエンジョイ勢ばっかかだからいいんだけどさ、お化け屋敷とかやるガチ勢は悔しいんじゃね？　特に先輩とかは今年が最後だし」

「確かにそうかもしれないけど……香澄だってこの学校の生徒なんだから、参加しないで欲しい、はおかしいだろ」

「いや、どっちかっていうと、みるふぃーと同じクラスの三組はズルいってクラスの方に矛先向いてるっぽいけど。ま、ファンの逆恨みだよな。どっちにしろ揉めて怒られるのは文化祭委員なんだから一応気をつけとけよ？」

「……おう。ありがと」

あくまで噂は噂。

そう思ってはいても、そういう噂が流れていると聞いただけで不安になる。

それに、ただでさえ、壊してしまうかもしれないと怯えていた香澄を知っているから。

「このまま何もなければいいんだけどな……」


しかし、俺の願いとは反対に、三組だけトップクラス有名人の香澄ミルがいるのはズルい、と不満の声は段々と増えていき、ついにはクラスメイトに相談されるまでとなった。

担任に相談したところ、元アイドルとはいえ、香澄が文化祭に参加することに問題はなく、三組に非はないため、何も気にすることはないという結論にはなったのだが……。

それでも、最初はかなり多かった文化祭準備の参加者も今ではだいぶ減っている。それは噂のせいだけではないのかもしれないが、一切関係がないと思うのは無理があった。

「でね、ここはもっとギューンって感じで心のこの辺りからセリフを言うの！　で、あえてズシャっと動いてみる的な？」

「待って待って、みるふぃー何その擬音。全然分からん」

「え、だからギュワっと転んだみたいな……」

「何それ⁉」

理解されているかは分からないが、今日も一生懸命笑って演技指導をしている香澄を見るとズキズキと胸が痛んだ。

流れている噂のことを香澄は知っているのだろうか。

俺はもちろん伝えていないし、このクラスで俺の次に香澄と仲がいい琴乃も、出来る限り噂を抑えていると言っていたので耳には入っていないと思いたいのだが。

「じゃあ今日は外の風景撮るだけだから、解散ってことで」

そうクラスメイトに声をかけて三脚を組み立てると、香澄がぴょこんと後ろから覗き込んできた。

「……先帰っていいぞ？」

「いいの、どうせ暇だから。それに蓮くんだけ置いていくのもあれだし」

「じゃあ私も残ります。暇なので」

振り向くと、香澄の後ろにはシャンと姿勢よく立っている琴乃がいた。

「琴乃に限っては絶対暇じゃないだろ」

「え、何その名前呼び。いつも委員長だったじゃん」

「あーー、中学一緒の名残で呼んでるだけ」

実際は、本人があまり委員長と呼ばれたがっていないから、というのが大きいのだが。

「じゃあミルも琴乃ちゃんって呼ぶ。てか二人、そんな仲良かったんだね」

「いえっ、その、そういうわけでは」

「俺は結構仲良いつもりだったんだけどな……」

「え、う、っなら、仲良いかもしれません」

「あはは。琴乃ちゃんかわいい。そうだ、私のこともミルでいいからね」

「かっ、かわいくないです！　私なんて‼　あとそんな、その、恐れ多い…………！」

ニコニコの俺と香澄。テンパっている琴乃はなかなか拝めないのですごく楽しい。

「てか本当に残ってくのかよ」

「とーぜん！」

「嘘ついてどうするんですか」

全く、律儀なことだ。

「……別にいいのに」

「まぁ私も飽きたら帰るから」

香澄は昇降口の段差に座り、すました顔をして手でカチンコのような形を作った。

「よーい、アクション！」


日が暮れ始めた頃。

「よしっ……帰るか！」

どうにか納得のいく映像を撮り終わったので本格的に帰る準備を始める。

「おつかれさまっ」

「香澄、付き合ってくれてありが……あれ、琴乃は？」

きょろきょろと周りを見渡すも、琴乃の姿は見つからない。

「琴乃ちゃんね、さっき自販機に飲み物買いに行ったんだけどまだ帰ってきてなくて」

「いつの間に」

声かけられてたら申し訳ないな。

「蓮くん、集中してたから邪魔するの悪いって私にだけ声かけていったんだよ。はぁ……好き。琴乃ちゃん、優しくてかわいい上に気遣いも出来るとか最高………」

「それ本人聞いたら死ぬぞ」

「え?」

「あ、いやなんでもない。じゃあ俺も飲み物買いに行こっかな。香澄も行く?」

「私はいい〜。ここで待ってるね」

「了解〜」

ということで、自販機がある中庭まで小走りで向かうと、生徒数人と話している琴乃の姿を見つけた。

「……っだから…………だって」

よく聞こえないが、どうやら揉めているようである。

「何? うちの委員長に何か用?」

慌てて声をかけると、琴乃に話しかけていた生徒数人は「別に」と口々に言って、パッと逃げていった。

「……何だったんだ?」

「あれですよ、いつものやつ」

「いつもの?」

「噂ですよ。香澄ミルを利用するなってやつです。なんか、うちのクラスが無理やり搾取(さくしゅ)

してるだとか、ズルいだとか。まぁ、やっかみですよね」

琴乃は真顔でそう言って、ポケットからハンカチを取り出した。

「……ああいうファンが民度を落とすせいで、アイドルファンがみんなあんなのだって勘違いされるんですよ。ほんっと質悪い。最悪。半年ROMれどころじゃないっ……あぁ、ファッション陰キャのガチ陽な柏木くんには通じませんよね」

淡々と話しながらハンカチでスカートを拭う琴乃。よく見たら、紺色のスカートが一部、さらに濃い色に染まっている。

俺は琴乃のディスりにも反応出来ずに立ちつくしてしまった。

「……水、アイツらにかけられたのか⁉」

「水なんかじゃないですよ。ポケリです。最悪なんですよ、これ。ベトベトして」

「いつ、から」

「さぁ？　みるふぃーが文化祭に参加するって噂が回ったぐらいからじゃないですか？　あ、他の子はここまでじゃないと思いますよ。なんか私、クラス委員だからって近づきすぎだって目の仇にされてて」

「…………っ」

「あと柏木くんより突っかかりやすいんじゃないですか？　柏木くん、無駄に人脈すごいし体格もいいから」

琴乃はそう言って、水分を拭き取ると、

「早く戻りましょう。心配されちゃいますし」

となんてことないような顔を作って微笑んだ。

「……すぐ、先生に」

「ダメですよ。そしたら、みるふぃーが文化祭に参加出来なくなるかもしれないじゃないですか」

「でも、だからって琴乃が犠牲になっていいわけないだろ」

「私だけじゃないですけど、少なくとも私は犠牲だなんて思ってないですよ」

琴乃は自分の口に人差し指を押し当てて、声を潜めて言葉を続ける。

「私は、なんてことないですから。みるふぃーにはこのこと、絶対に言わないでください。……柏木くんも気をつけてくださいね？」

血液が足の先から凍りつくような、嫌な感覚がした。

何もなければいいなんて楽観視して。

結局、このことを一番軽く考えていたのは俺だった。

「遅かったね、二人とも」

「……あぁ、混んでて」

「ウソ。そんなに待ってないよ〜。よしっ、帰ろ？」

香澄はスクールバッグを両手で持って待っていた。

「あれ、蓮くんも委員長も何にも買ってないじゃん。何しに自販機まで行ったの？」

俺たちの空のままの両手を見て、香澄がクスクスと笑う。

「えっ⁉　これは、その」

「一気飲み対決してゴミは捨ててきたんですよね、柏木くん」

「そうそう。俺の勝ちな」

「ふざけないでください、私の勝ちです」

琴乃、ナイスフォロー。

俺が全力で乗っかると、どうやら納得してくれたらしく、香澄はすねたような顔をして、
私も呼んでくれたら良かったのに、と呟いた。

「じゃあ二人とも、また明日ね」

そう言いつつも、香澄はその場を動こうとしない。

「？　香澄、まだ残ってくのか？」

「教室に忘れ物しちゃって」

「それぐらい待つけど」

「いいの！　どっちみち図書室も寄る予定だったし、時間かかるから先帰っていいよ」

琴乃と顔を見合わせる。

「じゃあ、また」

「……暗くなる前に帰ってくださいね？」

「ん。ばいばーい！」

香澄の明るい挨拶に見送られ、一緒に校門を出たものの、帰り道が反対方向にある琴乃とはすぐに別れることになる。

「気をつけてな」

「分かってますって。柏木くんも」

「おう。またな」

「…………っ」

俺は琴乃に手を振り、角を曲がったのを確認してからすぐにUターンして学校へ戻った。

昇降口。教室。廊下。自販機前。

二階上へ登った、屋上へ続く階段。

「っはぁ、っ、はっ」

「……なんで戻ってきたの」

「なんとなく」

俺の知る香澄は、下手な演技に騙されてくれるほど鈍くない。

「そっちこそ何してんの？」

そこには、うずくまって自らのふくらはぎに強く爪を押し当てている香澄の姿があった。

「……別に、何も」

「嘘つけ。そんなの、普通しねーよ」

こんなところへ隠れて、しかも見えないところへの自傷なんて普通ではない。

「普通じゃ、いられないよ」

香澄は押し殺すような声でそう言って、より強く真っ白な肌に爪の跡をつけた。

赤い跡が咲く。相当痛いはずなのに、顔を歪めもしない。

見ていられなくなって強引に腕を引っ張ると、香澄は小さく息を吐いた。

「分かった。今度からバレないようにする」

「そこは、もうやらない、だろ」

やっぱり、香澄はどこかが歪んでいる。

感覚とか自尊心なんかの、心の大切な部分が。

「…………見ちゃった。どうしよう」

そして、吐き出すように続けた。

「知らなかった。琴乃ちゃん、いつも香澄さんって、すごく」

「うん」

「すごく優しいの。だから私、すごく好きで、本当に仲良くなれるって、なのに私のせいでっ……あんな、あんなの知らなかったの」

「うん」

香澄の息が速くなる。

「っ違う、それはっ、ひゅっ、ちがっ」

「香澄、落ちついて」

「むりっ、っ落ち、つけなっ、ひゅっ、わたっ」

「大丈夫だから。次からは、絶対俺が防ぐ」

過呼吸のようになり始めた香澄の背中をさする。

「……っぁ…………わたしの、せいっで」

「大丈夫だから。大丈夫。大丈夫だから落ちつけって」

「…………っ」

「落ちついて、ゆっくり深呼吸して」

力が抜けて、ぐったり倒れ込んだ香澄をどうにか支える。

その時、ゆっくり手のひらを開いて。

「……はっ、…………あ」

薄っすら残っている桜のマークを確認し、香澄の呼吸は少しずつ元に戻り始めた。

「……落ちついた？」

「…………ちょっと」

「飲み物いるよな。ちょっと待てるか？」

保健室は嫌だと言うので、急いで水を買ってくると言うと、ぎゅっと袖を掴まれた。

「……いかないで」

「でも」

「蓮くんは、っ……ここにいて」

「…………」

「大丈夫だから」

そう言われてしまっては身動きが取れない。

それから、数秒なのか数分なのか分からない沈黙が続いて。

「どうしよう」

香澄は小さくそう言って、顔を覆った。

「ごめんなさい、ごめんなさいっ……」

大きな瞳に蓄えられる限界まで、涙がたまる。

それでも意地でもそれをこぼさないように、しゃくりあげながら目を大きく開けている。

泣いてもいいと言ったらきっとまた、泣く資格なんてないと言うのだろう。

結果が全てだと、私のせいだと、悔しそうに言うのだろう。

「香澄のせいじゃない」

「…………………っちがう。全部、私のせい」

「……悪いのは、香澄じゃないよ」

俺はずっと、香澄の背中をさすり続けた。

「……出るの、やめない」

香澄が口を開いたのは、大分息が整ってからだった。

「文化祭出るのやめないよ。これでやめたら、琴乃ちゃんの優しさを無駄にしたことになる。屈したことにもなるし、私が無理やり手伝わされてたみたいになるもん」

そして、何度も手のひらを開いて閉じてを繰り返してからギュっと握りしめた。

「今日のことは誰にも言わないで」

「……………気持ちは分かるけど。香澄は、それでいいの？」

確かに琴乃の覚悟は無駄にすることになるかもしれない。

それでも、その現場と、香澄の取り乱す姿を見てしまった身からすると、ここで一度先生に相談した方がいいような気もしていた。

しかし、香澄の覚悟は決まってしまったらしい。

「……蓮くんに迷惑かけないとは言いきれないけど、出来るだけかけないようにするから」

そして、どうしても、と削るように言葉を続ける。

「私のせいで大事な人が傷ついて、誤解されて、そのままだなんて耐えられない」

初めて見る表情だった。瞳の中でパチパチと星が燃えている。

自分が浮いていた時はずっと笑っていたのに、どうして自分以外の人が傷ついたらそんな、酷い痛みを堪えるような表情をするのだろう。

過去に何があったら過呼吸にまでなるのだろう。

「……なぁ。ずっと思ってたんだけどさ、何がそんなに怖いんだよ。壊すとか傷つ」

「っやめて‼」

鋭い声が遮った。

香澄の顔は、青白いを通り越して血の気が引いていて。

今まで見たことがないほど、強張(こわば)っていた。

「助けてもらったことは感謝してるし、君のことは好きだよ。……でもいくら共同戦線を張ったからって、君は私の家族でも恋人でもないよね？」

その言葉の鋭さに思わず息を呑(の)む。

パリパリと。また、香澄の防御層が積み重ねられた。


翌日。俺はいつもより早く起きて学校へ向かった。

香澄は昨日、呼吸を整えてタクシーを呼び、どうにか家に帰っていった。

それから何度連絡しても返信がないとなると、流石(さすが)に心配にもなる。かといって家の場所を知っているわけでもないし、フユねぇに聞こうにも、事情を知ったらきっと心配して飛んでくるので連絡も出来ない。

それならば、早くから学校に行って香澄を待ち、休んでいたら担任に家を聞き出す作戦の方がいいと考えたのだ。

「おはよう」

「あぁ、おはよ」

廊下で声をかけられたので、反射的に挨拶を返して教室へ急ぐ。

いつもなら廊下でバッタリ会った友人と適当に駄弁(だべ)ってからギリギリになって教室に滑り込むのだが、今日の俺は――あれ、今の誰だ？

「…………………っ⁉」

慌てて振り返った。

桜色の髪。真っ白な肌。人形のような頭身の良さ。

「……か、すみ？」

「そうだよ？」

その全てが、香澄ミルを示しているのに、俺の何かが香澄ではないと告げている。

香澄は困ったように笑って曖昧な会釈(えしゃく)をすると、教室とは反対方向へ向かっていった。

いつもの香澄なら後ろから俺のリュックに体重をかけて楽しそうに笑うか、肩を叩(たた)いて隠れるふりをするぐらいはする。

それに、あんなに覇気のない顔をしているところを、見たことがない。

「……やっぱり、ショックで落ち込んでるとか」

俺は口の中でそう呟いて、教室へ足を進めた。

香澄が触れて欲しくなさそうである以上、俺にはどうすることも出来ない。

しばらくするとチャイムが鳴って、香澄は俺の隣の席に戻ってきた。

「どこ行ってたんだよ」

「別に。ちょっと飲み物買いに購買に行ってただけだよ」

「購買に⁉　香澄が⁉」

「何だと思ってるの、私のこと。飲み物ぐらい買いに行くでしょ、フツー」

「…………」

「へぇ、そうか」なんて、納得出来なかった。

普段、香澄が購買に行くことはない。

なぜなら、入学から少し経ったとはいえ、今でも相当な騒ぎになるからだ。香澄が教室を出ることは基本的にはないのである。

ただ、今日の香澄なら騒がれることはなかったのではないだろうか。

どういっていいか分からない。分からないのだが、何かがおかしいのだ。

俺は自分の中の感情を言語化してもらうために、琴乃に相談しに行くことにした。

「なぁ。なんか、今日の香澄、変じゃね？」

「……そう、ですかね。変というか、なんていったらいいんでしょうね。オーラというか、後光がなくなったみたいな」

「後光、か。そうなんだよな。なんていうか、目立たなくなったというか、地味になったというか……」

――フツウになっている。

どこにいたって人の視線を集める。

誰といたって目立ってしまう。

それはきっと、アイドルとして染み付いた癖にある。

声は甘く響くように。身振り手振りは大きく。きょとん、と首を傾げる仕草。ふわりと微笑むような笑顔。大好きという口癖。あげ始めたらキリがない。

誰からも愛されるように、あざとく、かわいい仕草が板についているからこそ、香澄ミルは『みるふぃー』だったのだ。

「演技、してるんだ」

声、言動、仕草、笑顔、口癖。

みるふぃーの構成要素がなくなれば、香澄はただ、ものすごくかわいい〝だけ〟のただの女の子でしかない。

きっと、出来る限り『普通』に近づけている。

香澄が何かに集中し始めたら、右に出るものはいない。

飛び抜けた感性で、信じられないほど短期間で、あり得ない結果を出すということを俺はとっくに知っていた。

だって、この二ヶ月間、模倣するサンプルは周りに溢れかえるほどあったのだ。

琴乃は怪訝そうな顔をして俺に尋ねる。

「何の演技、ですか」

「多分、フツウの女の子」


この日から、香澄はすっかり『フツウの女の子』になってしまった。

おかげで過度に目立つことはなく、あれ以来特に大きな問題も起きていない。

それでも、このクラスの空気だけは、確実に沈んでいっている。

だって、いつも休み時間になったら楽しそうにキラキラと喋っていた香澄が、席で一人スマホをいじっているのだ。

放課後になったら、誰にも気づかれないうちに準備をして、一人で帰ってしまうのだ。

授業のペアワークは、答えだけ交換して、あとはつまらなそうに教科書を見ているのだ。

誰のことも大好きと言わないのだ。

花が咲いたような笑顔で笑わないのだ。

――――こんなの、香澄ミルじゃない。

口に出さないだけで、きっとクラスメイト全員がそう思っている。

実際、舞菜ですら「なんか最近の香澄ちゃん、ヤバくない？　ウチらも調子狂うんだけど」とわざわざ言いに来たほどなのだから。

『……蓮くんに迷惑かけないとは言いきれないけど、出来るだけかけないようにするから』

香澄の言っていた言葉が脳裏に蘇る。

きっと香澄なりに、迷惑をかけないようにする方法を考えた結果がこれだったのだろう。

確かに何も、誰も迷惑はかけられていない。

香澄がこうなってしまったからか、他クラスの生徒から三組の生徒への嫌がらせは止んでいるようだし。

香澄が普通の女の子を演じ続けることで、多分、この文化祭の問題は解決する。

「香澄、あのさ」

瞳の中の輝きは消えている。

「……なに？」

右手のひらから桜のマークが消えかけている。

「忘れてないよな、約束」

香澄を普通の女の子にする。その代わり、香澄は俺と、俺が夢中になれるものを探す。

そのために俺たちは、共同戦線を張ったのだ。

「忘れてないよ。ほら。私、君のおかげでフツウの女の子になれたんだし」

香澄はそう言って、静かに微笑んだ。

「……それは、良かった」

俺は香澄を『普通の女の子』にしてあげたかった。

涙すら流さないで、傷だらけのまま、周りに笑顔を振りまく香澄の強さに憧れて、それ以上に力になりたいと思ったから。

でも、こんな形で、俺は香澄にフツウになって欲しかったんじゃない。

香澄ミルの全てを否定して、ねじ伏せて、強引に上書き保存するような、こんなフツウを望んでいたわけじゃない。

一人になって、欲しかったわけじゃない。

「……なぁ。今、学校楽しい？」

これは香澄が、誰も傷つけないようにと必死に努力して取り繕った形だと知ってる。

でも、俺は、そんな香澄が痛々しくて、そうさせた俺が不甲斐なくて。

「すごく、楽しいよ？」

一瞬、香澄の笑顔が歪む。

それは、感情全てを抑え込んで、今にも泣き出してしまいそうな笑顔に見えた。

「……そっか」

——香澄ミルが、散っていく。

このまま『フツウ』を演じ続けたら、いつか香澄は壊れてしまう。

こんなのは、『普通』じゃない。

どうして香澄は、自分すら蔑ろにしてしまうほど歪んでしまったのか。

それを知らないことにはどうしようもない。

その夜。俺は強引にでも、香澄の過去を探ることを決めた。

七．言わなければ良かった

「ごめんなさい！　待たせちゃったかしら？　前の仕事が長引いちゃって遅れちゃった」

週末の午後四時過ぎ。一人でアイスティーをすすっていた俺の前に、シックな黒色のシャツワンピースに、大きな黒いキャスケットを被ったオシャレな女性が座った。

キャスケットから覗く柔らかな目元と、聞いた人を安心させるような優しい声は、まさしく俺の幼馴染であり、現役トップアイドルの白樺冬華のものである。

「全然大丈夫。もしかして仕事終わってすぐ来てくれた？」

「ええ。だって蓮が会いたいって連絡してくるのなんて初めてよ？」

「そうだっけ」

「そう。だから、嬉しくなってお姉さん飛んできちゃった」

ふんわりと微笑むフユねぇ。

最近琴乃と香澄のせいで美的感覚が狂っていた自覚のある俺でも、ドキリとしてしまうほどの色っぽさとオーラを感じて体感温度が一度上がった。

どうやら本当に撮影が終わってすぐ来てくれたらしく、普段よりも派手なメイクに緊張して、内臓がズクズクと変な感じがする。

幼馴染とはいえ、綺麗なものは綺麗だ。

「って言いつつ、あと一時間で戻らないとマネージャーさんに怒られるからあんまり長居は出来ないんだけど。でもココアは頼んじゃう。今日すっごく暑いから許されるわよね」

「許されるって。甘すぎたら俺のアイスティーと交換してもいいし」

「やった。ふふ。嬉しいな、蓮と外で話すのなんて久しぶりだから」

俺たちが今いるのは、だいぶ東京寄り、というかほぼ東京にある個室のカフェみたいなお店だ。テーブルごとに仕切りがあり、遮音性がしっかりしているのか、よそのテーブルで何か話しているのは分かっても、内容までは聞こえてこない。

これで一時間二千円は安い方だろうということで、俺はなかなか時間を作れないフユねぇに会うために、数十分電車に乗って久しぶりに都会にやってきた。

普段香澄といるおかげで身に染みているが、現役アイドルのスキャンダル対策というのは本当に大変なのである。幼馴染とはいえ俺は男なのだから、フユねぇは口にしないが、今俺と会ってくれているのも相当なリスクを背負ってくれているはずだ。

香澄本人が話してくれない以上、知っている可能性がある人に聞くしかない。

そう思って、帰ってからすぐにフユねぇに連絡したら即快諾してくれたのだが、おそらくどうにか予定をこじ開けて時間を作ってくれたのだろう。

電話でもいいと言ったのだが、俺の様子を察してなのか、幼馴染の初めてのお願いだからなのか、無理を聞いてくれたようだ。

「ちゃんとご飯食べてる？」

「食べてるよ。フユねぇこそ」

「私はもちろん食べてるわよ。心配なのは蓮の方。夜ふかしはほどほどにしてる？」

「…………はい」

「もう！　絶対夜ふかししてるじゃない！　……まぁ、それについては今度話すとして。蓮が話したいことってなぁに？」

俺はやはりフユねぇには頭が上がらないと思いつつ、本題を切り出す。

「実はさ、香澄のことなんだけど。最近文化祭の準備で色々あって」

それから俺は順を追って今学校で起こっていることを話した。

ようやく学校へ馴染(なじ)み始めたこと。そんな中、クラスメイトが嫌がらせにあい始めたこと。

そして、香澄がフツーになったこと。その中で見えた、感覚の歪みも。

「だからさ、もしかしたら香澄がそうなるような何かがアイドル活動中にあったのかと思って。もしフユねぇが知ってるなら、聞きたいんだ」

「……すごいね、蓮は」

「え？」

「ずっと誰にも見せなかったみるふぃーの心に、しっかり居場所を作ったんだ。それで、またあの子は我慢しようとしてるのね」

フユねぇはそう言って、どこか諦めたように微笑んだ。

「本当はこんなこと話すつもりなかったんだけど。うん、みるふぃーを蓮に任せたのは私だから。蓮には聞く権利があると思う」

どこか自分に言い聞かせるように呟いている。

「……もし言いにくいことなら」

「いいよ。……っごめん、ちょっと待って」

フユねぇはそう言って、深く息を吸い込んで。

「その、あのね」

緊張したように手を胸の前で強く握り、視線を彷徨わせてから、覚悟を決めたように、切れ長の瞳で真っ直ぐ俺の目を射貫いた。

「みるふぃーがアイドルやめたの、私のせいなの」

理解が追いつかずに思考が停止した。

「…………え」

「私の、せいなの。私が悪いのよ。私が、悪いの」

フユねぇは固まったままの俺を見つめたまま、自ら責めるように言葉を続ける。

「……っ少し長くなっちゃうんだけど、聞いてくれる？」

俺がどうにか頷くと、フユねぇは深呼吸をしてから話し始めた。

「蓮の言ってることとはちょっと違うと思うんだけど、話させてね。…………あの子ね、天才なの。最初から、本当に何でも出来た」

しみじみと再確認するように、小さな声だった。

「教えたダンスは一回で覚える。その時は出来ていなくても、次の日には完璧に出来ている。歌も上手ければ、表情を作るのも上手くて、ファンサービスも忘れない。だから、お披露目ライブなのに、その日のコールはあの子一色になった」

フユねぇはそう言って、怯えるように目を伏せた。

「……異常だったわ。その日来てくれたファンの人達は自分の推しがちゃんといたはずなのに、揃って新人の名前を叫ぶなんて」

　そして、恐る恐る言葉を続ける。

「あの子の才能は、暴力だから」

　異常なほどの熱狂を生み出す才能。

　その光景は俺も知っていると、香澄とディスティニーランドへ行った時のことを思い出したのだが、目立たないように抑えようとしてもアレだったのだ。

　フユねぇを以てしても暴力だと言われるほどの輝きは、どれほどだったのだろう。

「でも、人懐っこくて、とびきりかわいかったから。最初は脅威には思われつつも一期生に可愛がられてたんだけど、事務所に推されて、入って三ヶ月で選抜入りしてからは妬まれ始めて。ほら、うちって選抜性だから、当然みるふぃーが入る代わりに落ちる子もいたのよ。それで、少しずつ妬まれ始めたの」

　cider×ciderは現在六期生までいて、そのメンバー数は四〇人を超えるのに、テレビで披露するような表題曲を歌えるのは選抜で選ばれた一五人だけだ。

　フユねぇの言うように、選抜メンバーのほとんどが一期生で構成されている中、入ってまもない香澄が抜擢されたのは文字通り大抜擢だったのだろう。

「もちろん一期生として気にはかけていたけど、正直あの頃は毎日本当に忙しくて、自分以外に回す意識がなかったのよ。みんな自分のことに精一杯で、選ばれなかった子はみるふぃーを恨んで。その子達のファンもやっぱりみるふぃーを恨むから、ちょうどその頃から彼女への誹謗中傷が酷くなったの。元々、同期潰しだって批判される中での抜擢だったから余計にね。……もちろんみるふぃーにもファンがたくさんいたけれど、どうしてもアンチの方が影響力がすごいから」

フユねぇは悲しそうにそう言って、いつの間にか来ていたココアを一口飲んだ。

「最初は多分、普通に悲しんでへこんでたと思う。でも泣いてる暇なんてないぐらい忙しくて、誰もあの子に優しく出来る余裕がなくて。それにあの子は、そんな暇があるなら自分がもっと完璧になって責められないようにしようって考えるような強い子だったから。どんどんアイドルらしさに磨きがかかって、誰にでも理想のアイドルみたいに接するようになって……気づいたら絶対的なセンターになってたわ」

フユねぇは暗くなりすぎないように、でも決して明るくはなく。

深刻な顔でギリッと唇を噛み締め、言葉を続けてくれた。

「これはあまりよく知らないんだけど、家族仲も良くないみたいで、それからすぐに一人で寮に引っ越してきたの。よく考えたら、おかしいわよね。みるふぃーの実家は東京にあるんだから。中学生なんて、まだまだ親に甘えたい年頃のはずなのに……」

毎日働いて、ステージで笑顔を振りまいて、楽屋と寮に戻れば一人きり。

俺には、中学生の女の子が、どうしたらそんな生活を送れたのかが分からなかった。

「寮に来てからはずっと、アイドル以外の全部をシャットダウンするみたいに『みるふぃー』をやるようになってね。握手会も必死に頑張ってたの。センターが一番人気で、一番人が並ぶんだから疲れるに決まってるのにずっと笑顔で、真剣に話を聞いて」

「あぁ。確かに香澄、クラスメイトの名前覚えるの異常に早かったな」

「……そうでしょうね。あの子、いつも何千人単位で詳しく覚えていたから」

フユねぇはしみじみとそう言って、当時を思い出すように目を閉じた。

「それで、九時間ぐらい握手会をしてね。ようやく終わるって時に、……っその、時に」

そして、乱れた息を整えて、必死に言葉を続ける。

開いた大きな瞳には、堪えきれないほどの涙が浮かんでいた。

「髪をね、っ切られたの。トレードマークだったツインテールの片方を、ばっさり」

あまりの展開に、一瞬呼吸が止まるかと思った。

そんなやついるのかよとか、犯罪だとか、どうだとか、頭を鈍器で殴られたみたいに混乱して上手く言葉が出てこない。

「ち、ちょっと待てよ。でも香澄、卒業公演の時は確か普通にツインテールで……」

「あれはウィッグ。自分のせいでサイ×サイが悪いように報道されないようにって。最後までグループを守って辞めたの」

「そんな……」

何気なく、どうして髪を切ったのかと香澄に聞いたことがある。

香澄ミルといえばツインテール。

トレードマークになるほど有名だった髪を、なぜ肩まで切ったのかは、アイドルに詳しくない俺も気になったからだ。

あの時香澄は、確か、「新生活始めるし、そろそろ飽きてたからイメチェンしたの！」と明るく笑っていた。

「…………っなんだよ、それ……」

もう手遅れなのに、自分の無神経さに吐き気がする。

「しかも髪を切ったの、私のファンだったんだって」

「…………え」

「みるふぃーが入る前は私がセンターになることもあったのにって。おかしいわよね。……全部、私の実力不足なのにね」

フユねぇが静かにそう言って瞬(まばた)きした途端に、まるで雪解けみたいに片目から涙が流れ落ちた。

「握手会が終わって、彼女、あまりのショックで倒れちゃって。初めて私に弱音を吐いてくれたのよ。もう、頑張れないって。アイドルなんて辞めちゃいたいって、ぼろぼろ泣きながら。……髪を切ったのは私のファンなのに、あのグループで唯一世間話をするぐらいの仲だったのは多分、私だけだったから」

涙は次から次へと、フユねぇの大きな瞳からこぼれ落ちていく。

「だからね、やめてもいいのよって、背中を押しちゃったの。普通の女の子になってもいいんだよって」

まるで、懺悔のように。

フユねぇは罪を告白するように、声を詰まらせながら、必死に言葉を繋げてくれた。

「そしたらみるふぃー、っ本当に辞めちゃったぁ」

顔を覆って、真っ白なハンカチを頰に押し当てた。

そして、ついに決壊したとでもいうみたいに、次から次へと流れる雫がハンカチに吸い込まれては染み込んでいく。

肩を揺らすその姿は、今にも消えてしまいそうなほど儚くて、まるで触れたら溶けてしまいそうな雪の結晶みたいに、脆くて弱々しかった。

「…………っ……フユねぇ」

──フユねぇが泣いたのを見たのは、オーディションに合格した時以来だった。

あの時からずっと、フユねぇは俺にとって憧れで、眩しくて、手が届かなくて、未だ何もない自分と比べて活躍を知るだけで苦しくなるような存在だったけれど。

確かに、フユねぇにはフユねぇの苦痛があったのだ。

俺は目の前で涙を流し続けるフユねぇになんて言葉をかけていいかも分からず、ハンカチで彼女の涙を拭いながら、自分の頭の中で今聞いた話を整理するだけで精一杯だった。

「ごめんっ、なさい。こんなに泣いちゃって。私が泣く資格なんてっ、ない、のに。ほんとは、本当はもっと、もっと落ち着いて話すつもりだったんだけどっ……」

「こんな話、落ち着いて話せるもんじゃないだろ。俺こそ、こんな話させてごめん」

「いいの。むしろ、最初に話すべきだったのに、幼馴染の優しさに甘えて、あの時話さなかった私が悪いんだから」

ずっと謎だったのだ。なぜ、グループをやめたのにフユねぇが香澄のことを頼みにきたのかと。そういうのは普通、家族がどうにかするのではないのかと。

しかし、ようやく合点がいった。

フユねぇがあんなに必死に俺に香澄のことを頼んできたのは、このことがあったからなのだろう。今度こそ香澄を一人ぼっちにさせないように、と。後悔しないようにと。

フユねぇは、涙を丁寧にハンカチで拭き取って俺の手を握った。

その手は、氷のように冷たくて、ほんのり湿っていた。

「多分みるふぃーが何かされても全部自分のせいにするのは、自分が我慢したら周りの人が傷つかないって、自分で全部背負い込む方が楽だって思ってるからだと思うの」

その言葉に、過呼吸になりながら自分を責めている香澄の姿が思い浮かんで、思わず顔を顰(しか)める。

フユねぇは、大きく深呼吸をして、俺の手をもう一度強く握り締めた。

「でも、そんなこと続けてたら今度こそ壊れちゃうから。だから蓮は、助けてあげて」

そしてフユねぇは、大きく息を吸って。

「私には出来なかったから」

泣き笑いのような表情で、そう言った。

「……おう。任せろ」

実際、どこまで香澄に頼りにされているかは分からない。

あざとく、アイドルらしい香澄としか関わったことがない俺は、もしかしたらまだ全然、友達とすら思われていないかもしれない。

それでもちゃんと。こいつは負荷をかけても壊れない人間なのだと理解して頼ってもらえるぐらいには、もっと仲良くなりたいと思った。

だって俺たちはあの日、共同戦線を張った時から、一蓮托生なのだから。

「……てか、フユねぇも気をつけろよな。誹謗中傷とか、絶対全部フユねぇのこと妬んでるだけだから‼」

「………ありがとう」

「何かあったらすぐ相談しろよ。まぁ俺なんか何の役にも立たないと思うけど、弁護士に相談するとかならめっちゃ法律事務所調べるし」

「大袈裟だし、独特なんだよねぇ、蓮の発想。……ねぇ。もしぼろぼろになっちゃったら、お姉さんのこと貰ってくれる？」

この人は、すぐこういうことを言うので困る。幼馴染だからってセーフなラインとアウトなラインがあるだろ！　とは流石に言えないので、俺はジト目でフユねぇを睨んだ。

「俺なんかに言わなくても、引く手数多のくせに」

「わ～、ひどい。お姉さんには本当に蓮くんしかいないのになぁ」

「はいはい」

「あ、信じてないでしょー？」

どこに現役アイドルのそんな言葉を信じるやつがいる。

全く、幼馴染を揶揄って遊んで何が楽しいのだろうか。

フユねぇはニヤリと笑うと、時計を確認し、「メイク崩れちゃったなぁ。マネージャーさんに怒られちゃう」と敢えておどけたように呟いて帰る支度を始めた。

スマホに表示される時間は五時半。予定していた一時間を過ぎている。

「時間大丈夫か⁉」

「大丈夫。お姉さんは真面目なのでちゃんと遅れるかもって言ってあります」

「それは全然大丈夫じゃねぇよな⁉」

「ふふ。だからもうちょっと大事な幼馴染といたいのに、帰る支度をしてるんじゃない」

フユねぇはそう言って、俺の顔を覗き込んだ。

「疲れたら、私のところに来ていいからね。甘やかしてあげる。……ダメになっちゃうぐらい」

「……っ早く仕事戻れ！」

「はーー、つれない。帰りますよぅ」

全く、アイドルってみんなこんなあざといのか。こんなの勘違いするに決まっている。

今になってようやく、アイドルのファンが足繁く握手会へ通う理由が分かってしまった。

帰り際、フユねぇが呟いた、

「誰にでもしてるわけじゃないのになぁ」

という言葉は。

幼馴染だから、以上の効力を持たないと、幼馴染歴一五年の経験が告げている。

初夏の五時半はまだ日差しが眩しい。

頭が溶けそうになっているのは、徐々に強くなりだした西日のせいだ。

Side：白樺冬華

「…………っ……はぁ……」

蓮と会った後はいつも、心拍数が跳ね上がる。

それはきっとドキドキするからで、蓮のことが大好きだからで、——私のついている嘘がバレないか心配で堪らないからなのだろう。

私は何も出来ない。蓮が思っているみたいに、優しくもなければ、綺麗でもない。

ダンスも得意じゃなければ、歌も得意じゃなくて、本当は人と話すのなんて死ぬほど苦手で、出来るならずっと部屋に閉じこもっていたい。

全部平均点以下で、何も上手くいかない。それでも、ずっと大好きな蓮の憧れのお姉さんでいたかったのだ。だから、蓮に憧れられるためなら何でもした。

泣き虫で、練習しないと不安になるような性格で。弱虫な私は幸いなことに、一生懸命さで評価されるアイドルにとても向いていた。

ここなら私は一番になれる、と思った。

それが勘違いだったと気がついたのは、二期生が、香澄ミルが入ってきてからのこと。

『………っやめても、いいよ。みるふぃーが本当に普通の女の子になりたいなら』

みるふぃーには軽い気持ちで、適当に、アイドルと一番遠い存在を言った。

その時はまだ、蓮と同じ学校に転入するなんて知らなかったから。

まさか、冬華さんの地元なんですね、なんて言われると思わなかったから。しかもそれを利用して、もっと蓮と関わろうだなんて、どうして私は考えてしまったんだろう。

どうして、二人を近づけてしまったんだろう。

『もしフユねぇが何か知ってるなら、聞きたいんだ』

クラクラとする頭の中を、蓮が真剣にみるふぃーを心配している表情が過る。

「どうして、どこまでもっ……」

どこにいっても、邪魔をされる。

私はただ、蓮の好きな、優しいお姉さんでいたいだけなのに。

ただ蓮に好かれたいだけなのに！

『そしたらみるふぃー、っ本当に辞めちゃったぁ』

それなのに、私のせいだと涙すら流せるんだから、私はやっぱりアイドルに向いている。

だってあの蓮が、私を、特別な女の子みたいに見つめていた。

あの瞬間、憧れの優しいお姉さんになれていた。

やめられない。蓮以外の誰に好かれたって意味がない。

――だって、どれだけファンが増えたって、客席にいつも蓮の姿を探してる。

「っ……言わない」

本当はミルちゃんが邪魔だったからアイドルを辞めるように勧めました。

君は覚えてないような小さい頃の約束を支えに生きてます。

私、特別で可愛いアイドルじゃなくて、ドロドロした出来損ないです、なんて。

そんなことが知られたら生きていけないから。

私は、さっきまで一緒いた蓮を思い出して、緩む頬を抑え込んだ。

「一生、っ騙し通す」

絶対にバレませんように。

八．崩れたようだ。愛される才能がない

香澄がアイドルを辞めた理由を知った。

その次の日には、全部自分のせいにする必要はないと話しかける、つもりだった。

「蓮くん、おはよう」

「……あぁ、おはよ」

まだ予鈴が鳴るまでずいぶんとある、朝の教室には人が少ない。

どこかぎこちない空気の中、香澄はすっと隣の席に座った。

三日経った俺は今でも、何も切り出せないでいる。

それはきっと、その重さが、考えれば考えるほど、想像以上に重たいもので。

どう話していいかも、そもそも何を言っていいかも、これが俺のエゴだとかどうだとかも、色々ぐちゃぐちゃして上手く整理がつけられなくなったこともあるのだけれど。

——でも、いくら共同戦線を張ったからって、君は私の家族でも恋人でもないよね？

この一言が、今更、結構突き刺さっている。

香澄は、俺にこれ以上踏み込まれたくないからそう言ったのだ。

俺はそれでも踏み込みたくて、フユねぇに聞くという邪道ルートを通った。

それなのに、香澄の過去を知ってしまったことで、もっと、遠ざかってしまった。

香澄のせいじゃないなんて、そんな言葉で届くぐらいならフユねぇの言葉がとっくに届いている。

それは『普通』じゃない。

じゃあ『普通』って、何なんだよ。そんなことを言って何になる？

ただ幸せになって欲しいとか、前みたいに笑って欲しいとか、伝えたいことはたくさんあるのに、いざそれを上手く言葉にしようとするとなんて言っていいか分からない。

「…………」

俺はこっそり香澄の横顔を盗み見た。

きっと、これは、本当は香澄本人から聞かなければならなかったのだ。

それぐらい信用されるようになってからじゃないと、踏み込めない問題だったのだ。

だったら今から信用されればいいなんて思おうにも、罪悪感と手段の無さがダブルパンチで俺を殴りつけてくる。

このままの香澄を放っておけない。

それなのに、聞いたよ、なんて軽さでは話しかけることも出来ない。

それに、これ以上何か言って、ギリギリで現状を保っている香澄が、本当に壊れてしまうことが怖かった。

「もうやめろよ、それ」

そう思って、ずっと何も言えなかったのに。

「………何が?」

「普通の演技すんの」

視界の端に、放置されて土汚れが着いたままのそこそこ酷い傷が見えた瞬間、ふと言葉が口をついて出てしまった。

「膝、血出てる」

「あ………」

「気づかなかったんだよな。慣れないことにめちゃくちゃ意識割いてたから」

香澄はハンカチを傷口に当てると、心底不思議そうな顔をして笑った。

「なんのこと?　全然痛くなかったから、気づかなかっただけだよ」

「嘘つけ。転ぶか強く擦るかでもしねぇとそんな酷くならねぇよ。それぐらい集中してたんじゃねぇの、普通に紛れんの」

　自分の言葉がチクチクしていることは分かっている。でも、きっとこうでもしないと、この層は壊せない。香澄ミルまで、届かない!!

「そりゃ大変に決まってるよな。香澄なんて、生きてるだけで目立って仕方ないんだから」

「そんなことないよ。最近は全然……」

「そうだろうな、あれだけ徹底して演技してたら」

「……あのさ、なんでそんな喧嘩腰なわけ？　私、蓮くんに何か迷惑かけた？」

　チクチク言い続けると、やっと、香澄の表情がイラついたように歪む。

　そうだ。もっと、もっと引き摺りだしてやる！

「かけられてないから、怒ってんだよ。これまで共同戦線だってずっと一瞬にいたのにさ、いきなり一線引かれてもう関係ないですなんて言われても認められるわけねぇだろ！」

「…………君は友達だからってなんでも話すの？　そんなわけないよね？　誰にだって触れられてもいいことと、嫌なことがあるじゃん。それも分かんないの??」

　香澄が、キレた。

　存在感が戻る。口調が、戻る。

急に言い合いを始めた俺たちに、ちらちらとクラスメイトの視線が突き刺さる。

でもきっと、香澄はちっとも気づいていない。

「蓮くんのそういう無神経なとこ、大嫌い‼」

香澄の目には今、俺しか見えていないから。

ハッキリ目が合う。潤んだ大きな瞳の中に俺が映った。

「私は、これでいいの。私のことなんて、私だけ分かってればいい。だからそんなに心配してくれることないし、私が普通になったところで」

――君との約束に迷惑をかけるつもりはない。

その言葉を聞いた瞬間、心の奥の何かが、ぷつん、と切れて弾け飛んだ。

「今、自分の心配なんてしてねーよ‼　俺の目的の話なんてどうでもいい！」

クラスメイトの目線も気にせず、気づけば叫んでいた。

「話逸らすなよ！　俺は今、香澄の話をしてんの‼」

あぁ、イライラする。

いつも他人のことばかりで、自分のことは後回し。

それでいいと、心底思っていそうなところが、本当に‼

「っだから、すぐ自分を犠牲にすんなって言ってんだよ‼　諦めんなって！　言ってんの‼　そういうのが嫌でアイドルやめたんじゃねーの⁉」

「……そんなこと一回でも言った？」

慌てて口を押さえる。

そうだ。そんなことは、香澄からは一言も。

「っ……言ってない、けど」

狼狽えた俺を、香澄はキッと睨みつけた。

「どこからそう思ったのか知らないけど、決めつけで話さないでよ。そもそも私だって、どうでもいい人のためなら我慢しようなんて思わない‼」

まるで、苦しいのに、言葉が溢れて止まらないとでも言うように。

言葉をもつれさせながら、香澄は息を吸い込んだ。

「みんなのためだから、蓮くんのためだからっ！　だからっ、私のことなんてどうでもいいって、気持ち封じ込めて頑張ってるのに‼　いつもいつも、どうして勝手に私のこと分かったみたいなこと言って引き止めようとするのっ⁉　そんなに助けを求められたい⁉」

「それこそ、俺がいつ迷惑だって言ったんだよ！　そもそも、今まで何のために一緒に悩んできたと思ってんの⁉　ずっと、普通の女の子になるって頑張ってきたのに、取り繕われたら意味ねーじゃん！　そもそも俺が映画撮ろうなんて言わなきゃ良かったたって早く責めろよ！　アイドルやってた時も、ずっとそうやって我慢してたから……！」

「はいはい、そうですすよ。私は所詮、所詮っ……ファンのことなんて一つも考えられてない、自分のためにしかアイドル出来なくて諦めたやつですよ‼」

——いつも私は自分のことばっかり。

香澄は急に、独り言のようにそう呟いて。

ふと、目が合わなくなった。

「………っ」

「っおい⁉　待てよ！」

そして、弾かれたように立ち上がり教室から走り去る。

俺は、床に足が張り付いてしまったせいで、追いかけられなかった。

「………ッ」

一体、何をしてるんだ。

これじゃ香澄のためどころか、余計に追い詰めただけだ。

辛いって言わせたかったわけじゃなくて、俺は、ただ、俺も何かしたいと言いたくて。

その後、体調不良で遅れたと言って、何ごともなかったかのように戻ってきた香澄は。

一切目立つことなく、声を荒らげることなく、見事なほどにフツウの女の子を演じきって、誰とも話すことなく帰っていった。

放課後。カンカンと頭に響く音を聞きながら、俺は踏切(ふみきり)の前に立ち尽くしていた。

風がうるさい。電車がやってくる音がする。

俺は、ガタンゴトンと激しい音を立てながら目の前を通過していく電車を見た途端に、叫び出してしまった。

「っあああぁあああああぁあ‼‼‼」

喉が、ひりつくように痛い。

「どうしてっ、俺じゃ、ダメなんだよ‼」

鼓膜がなくなってしまうのではないかと思うほどの轟音(ごうおん)が、こんなにも気持ちいいことに、吐き気がしている。

「なんで、あんな風にっ……全部一人で抱え込んで、平気みたいな顔するんだよ‼　友達じゃダメなのかよ‼　ちっとも助けにはなれねぇのかよ‼」

喉を絞るように大声で叫んで。

「俺はっ、何も出来ないのかよっ……」

電車が通り過ぎるのと同時に、そのまま膝から崩れ落ちた。

「…………そもそも俺が、やっぱり映画に出た方がいいなんて言わなければ…………」

電車の音はもう、かき消してくれなかった。

Side：香澄ミル

「そういうのが嫌でアイドルやめたんじゃねーの!?」

「…………………っ」

あまりに図星すぎて、思わず泣いてしまいそうになった。

違う、とすぐに否定出来なかったのは。

自分でも薄々、自分を犠牲にしていた節があったからなのだろう。


じょきん。

耳元で、ざらついた音がした。

頭が軽い。ハラハラと頬を桜色の何かが滑り落ちた。

目の前にはハサミを持った人がいる。

アイドルの私に会うために、並んでくれた人だ。

頭が、真っ白になった。怖くて、意味が分からなくて、でも、だって、わたし。

Q．みるふぃー（アイドル）にとって今一番大事なことは何？
A．ファンの人に笑顔を届けること。

今、この場に私の感情なんて必要ない。

私は何故（なぜ）か叫び出しそうになったので、ぐっと喉を抑えてとびっきりの笑顔を作った。

「来てくれて、ありがとうございます！」

「……っひ、な、んで」

「…………どうかしましたか？」

目の前の男性は、物凄（ものすご）く怯（おび）えたような表情をしていて。

「ミル‼　ミル！　ッ大丈夫⁉」

「大丈夫、って。私、そんなに疲れてないです。まだまだ握手出来ますよ？」

「何言ってるの⁉　自分が今、何されたか分かってる……⁉」

マネージャーさんが、私の頰に綺麗なハンカチを押し当てる。そして、私を引っ張るように控え室に押し込んだ。

そこにある鏡を見て、初めて。

「え…………？」

自分が号泣していることと、大事にしていたツインテールの片方がなくなっていることに気がついた。

「……髪、切られちゃったんだ」

他人事みたいに答えた。

どうしても理解が追いつかなかった。

「でも、大丈夫、です」

「何が大丈夫なのよ⁉」

「だいじょ、ぶですから。私、まだやれまっ……？」

だって、もっとファンのみんなと話したい。笑いたい。好きだって伝えなきゃ。

そう思うのに、心底怯えたようなマネージャーさんの表情を見たら、何故だか頭がガンガンと痛くなって、その場に倒れ込んでしまった。

「っ……ぁ、はっ、ひぅっ……っは」

止まらない涙で髪の毛が濡(ぬ)れて、頬に当たるのが気持ち悪い。

息が上手く吸えない。苦しい。泣きそう？　吐きそう！

「っもどら、ない……と」

今すぐ、戻らないと。

だって、まだ握手してない人がいる。

嫌われちゃったらどうしよう。

失敗しちゃったらどうしよう。

あれ、これってもしかして、もう失敗してる？

ふとそんなことを思うと、視界すらぐらんぐらんと揺れ始めた。

好きと、嫌いと、鈍い痛みが混ざっていく。

痛い。痛い。痛い。痛い。痛い。

そこで、ぼんやり思い出した。

――そういえば私、『アイドル(みるふぃー)』じゃなくてただの『香澄ミル』だった。

目を覚ましたら、寮のベッドの上にいた。

いつもより軽くなった頭。不揃(ふぞろ)いな髪の長さ。

いつも視界に揺れていたツインテールは、もうない。

「ッ………！」

そんなどうでもいいことよりも、ファンの人の反応の方が気になった。

だってあの人の後ろにも、並んでいる人がたくさんいたのに。スマホの電源をオンにする。時間は午後九時。握手会はとっくに終わっている。

流れるように、ＳＮＳアプリに『みるふぃー』と入れて検索をかけた。

『みるふぃーが心配』

『あー、悔しい。五時間並んだのにみるふぃーに会えんかった』

『みるふぃー、体調不良かー。なんか騒がしかったけど何かあったのかな？』

「ミルが髪切られたの、バレてない……？」

ニュースアプリを見ると、『香澄ミル体調不良か？　握手会中止』の文字が目に飛び込んできた。どうやら私が髪を切られた件は、運営がどうにかもみ消したらしい。

「良かっ、た」

それなら私が、みるふぃーから少し欠けてしまったことは問題にならない。

これからもちゃんとアイドルでいられると、そんなことを、思って。

「…………そうじゃ、ないでしょ」

だって今、どっちを優先した？

どっちの感情が、勝った？

私が倒れてしまったせいでファンの人と握手出来なかったという申し訳なさよりも、髪を切られた恐怖よりも、自分が嫌われてなさそうだということの方が、勝った。

「私、もしかして、おかしい？」

クラっとした。呟いたらしっくりくる。

そうだ。おかしいよ。いつからだろう。

いつから、私はファンためよりも、自分が愛されることを優先するようになった
――？

「みるふぃー、大丈夫っ⁉」

突然聞こえた涙声に弾かれたように顔を上げる。

長くて綺麗な銀髪。手入れの行き届いた私の憧れ。冬華さんだった。

「冬華さん、なんでいるんですか⁉」

嬉しかった。メンバーが私の部屋に来るなんて、初めてだったから。

それにしても、様子がおかしい。

「……あの。どうして泣いてるんですか？」

「どうして、って」

冬華さんは思い詰めたように言葉を詰まらせて、「……本当にごめんなさい。それをやったの、私のファンなの」と呟いた。

「…………あぁ」

どうでもよかった。

髪の毛なんてまたすぐ伸びるようなもの。

「あのっ……」

「ごめんなさい。ごめんなさい。ごめんなさいっ……」

それなのに、冬華さんはそう言ってずっと泣いている。

「……冬華さんのせいじゃないんだから、謝らないでください」

「違うっ……だって、こうなったのは全部、私の実力不足が悪いのよ⁉」

「そんなことッ……！」

「そんなことじゃない。だってみるふぃー、ファンのみんなが褒めてくれるんだって言って頑張って髪の手入れしてたの、知ってるもの……」

そんなことじゃ、ないのか。

ハッとした。そうか。これが正解か。

冬華さんは、私なんかよりも圧倒的に、愛される才能がある人だ。

眩しいぐらいアイドルに向いていると、そんなことを思った途端に。

すん、と。私にはここが限界なのだと、覚悟が決まった。

だって、自分の限界を知っちゃったアイドルが、誰を笑顔に出来るっていうの？

「冬華さん。私、もう頑張れないです」

「…………え？」

「アイドル、やめたいです。私、これ以上みんなを笑顔に出来る自信がないっ……」

そう。冬華さんみたいに、純粋に。

「っえ…………」

冬華さんは優しくて、優しくて、優しいから。

こんな言い方をしたら、否定されないだろうと分かっていた。

「…………っやめても、いいよ。みるふぃーが本当に普通の女の子になりたいなら」

冬華さんは私よりも泣いていた。

私の涙よりも、冬華さんの流す涙の方が、何百倍も綺麗だと思った。

私の涙は汚れている。だって、自分のための涙なんて、流してどうするの。

ただ同情を引くだけの、浅はかな涙なんて必要はないから、みっともなく泣くのは今日で終わりにしよう。

あぁ。冬華さんは、すごいな。アイドルだなぁ。

霞んでいく頭の中で、ぼんやりとそんなことを考えていた。

「私、私のファンがみるふぃーにしたこと、絶対忘れないから。みるふぃーの代わりに全部背負って、ステージに立つから‼」

これが、アイドル。私はアイドルもどきもいいところだったんだな。

だって私は結局、自分が辛いから逃げただけで。

これからもその傷に向き合おうとしている冬華さんの方が、絶対に強い。

「じゃあっ……安心してなれます。普通の、女の子に！」

よく分からないまま、堪えきれずにぼたぼたと涙が溢れる。

こうして私は、『普通の女の子』になった。


『香澄ミルに関しまして』

卒業のお知らせを公式に発表して、慣れないウィッグで卒業コンサートをした。

あの日以来、私はどこか壊れている。

どのファンとも目を合わせられなかった。卒業コンサートでも、何を言っていたか、頭に霞がかかったみたいにほとんど思い出せない。

卒業報告のブログにも、書けたのはファンへの感謝だけで、自分の未来についてなんて一つも書けなかった。

だって私がアイドルをやっていたのは、ファンを笑顔にするためでも、幸せにするためでもなくて、誰かに必要とされているから私は生きていても良いのだ、という承認が欲しかっただけだったから。

――――私は私のためにアイドルになって、私のためにアイドルを辞めたのだ。

アイドルを辞めてから急に暇になって、何の気力も湧かなくて、ただただ抜け殻みたいになって。そして、本当に私にはアイドル以外何もなかったのだと、みるふぃーじゃない私には何の価値もないのだと実感したのだ。

記者はみんな、卒業インタビューでこう聞いてきた。

『アイドルを辞めた後、何になられるんですか？』

知らないよ、そんなの。私の方が教えて欲しい。

だから転校だって本当は結構投げやりで、何にもなれる気がしなかったから、私はとりあえず『普通』になってみることにした。

とにかく私は、私（みるふぃー）以外の誰かになれればそれで良かった。

誰にも迷惑をかけず、今度こそ失敗しないように。

『だって俺、お前と友達になりたくなっちゃったから』

それなのに、どうして君と出会ってしまったんだろう。

私にアイドルフィルターをかけて見ない人なんて、初めてだった。

真（ま）っ直（す）ぐ、私を見つめる視線が好きになったのはいつからだろう。

慣れない教室の中で、深く息が吸えるようになったのは、いつからだったろう。

『じゃあ、代わりに約束してやるよ。しつこく誘った以上、絶対一人にしないって』

蓮くんがいたから、もう一度、やり直す勇気が湧いた。信じてみてもいいと思った。

共同戦線、なんて言って、ちゃんと私を『私』として見てくれた。

そんな君となら、私も変われると思った。

今度こそ上手くいくような気がしてたんだ。

――それなのに今、蓮くんのことを一番苦しめているのは、私自身だ。

「すぅーー……」

私はずっと、変われないまま。

「はぁーーーー……」

溢れそうになる涙の代わりに、深く息を吸い込んでは、吐き出してを繰り返す。

『助けてもらったことは感謝してるし、君のことは好きだよ。……でもいくら共同戦線を張ったからって、君は私の家族でも恋人でもないよね？』

わたし、私は、何がしたかったんだろう。

あんな言い方をしたら、気になるに決まっている。

それで過去を探られたって、蓮くんを責められない。

そうだ。過去を知られたくなかったわけじゃなかった。

私に踏み込もうとされたことが、嫌だったわけじゃなかった。

だって本当は、家族よりも、いたことがないからわからないけれど、きっと恋人よりも、ずっと大切に想ってるから。

ただ私は、怖かったのだ。

これ以上本当の私を知られて、中身が空っぽだって、失望されることが。

『俺に嫌われるの、怖いの？』

そうだよ。怖いよ。すごく、怖いよ。

いきなり私の側にいるようになって。初めは戸惑って、癖でアイドルっぽく振る舞ってみたけど、蓮くんがあまりにも真っ直ぐだったから、いつの間にか防衛線を張ることを忘れてしまった。

気づいたら、いつも隣に君の姿を探している。

今はもう、一人になることよりも、東京ドームに来てくれたファン全員に嫌われることよりも、蓮くんに嫌われることの方が怖くなってしまった。

「どうしたら、私」

……私。私、いつの間に、蓮くんにこんなに重苦しい感情を抱いていたんだろう。

「っ、普通の女の子になれるんだろうっ……！」

どうしたら私は、必死に頑張ってくれた蓮くんのために変われるんだろう。

まず、謝らないといけない。

もう私のことなんて嫌いになっちゃったかもしれないけど、とにかく早く。

こんなにも迷惑をかけて、それでも蓮くんに嫌われたくないなんて、私、いつからこんなにワガママになった？

「変わりっ、たいのに……っ！」

涙だけは溢(こぼ)さないように、上を向いてパタパタと手で顔を扇(あお)ぐ。

歪む視界の中、勇気が欲しくて、私はぼやけて見える手のひらの桜に口付けた。

九．君の『　　』も全部ちょうだい

香澄のことを振り切るように、俺は映画の撮影にのめり込み始めた。

脳裏に香澄の影がチラつくたびに強引に映画で塗り替えるせいで、最近は朝も昼も夜もずっと映画のことを考えている。

編集はまだ勉強中だが、いいものになってきていると思いたい。

だって、これぐらいしか思いつかないのだ。俺が香澄に出来ることが。

香澄は文化祭を成功させるために、クラスのために、『フツウの女の子』になった。

それなら俺に出来ることは、この映画を完成させることだけだ。

一時は香澄が変わってしまったことをきっかけに撮影への参加率も悪くなったが、先生が差し入れを持って来てくれたり、部活で毎日学校へ来ている田所が部員を連れて手伝いに来てくれたりと、予想外のゲストのおかげでみんなのやる気が高いままだったのは本当に幸いなことだった。

それに、きっとみんな薄々気がついているのだろう。

香澄が変わってしまった原因と、その理由に。

しかし、それでも未だに望んでいないゲストが来ることもある。

それはジロジロ眺めてくる他クラスの生徒だったり、聞こえるように悪口を言ってくる先輩だったり。

最初は何が気に入らないのかと考えることもあったが、多分、どうしようもないのだ。

きっとあの人達は、香澄がこのクラスにいること自体が気に入らないのだろう。

しかし、「香澄ミルのクラス」というのは俺たちにとってはどうにも出来ないことであり、外野の意見よりも『フツウ』を装ってまでクラスのために文化祭を成功させようとしている香澄の方が大事だというのは共通認識になりつつあった。

むしろクラスLIME（琴乃に最近招待してもらった。もちろん香澄も入っている）で香澄について話すクラスメイトたちは、「香澄ミルのクラス」であることを誇りに思い始めてすらいるのだと思う。

だから最初ほど悪意に動揺することなく、むしろぶっちぎりで優勝して見返してやろうという風潮になっていたのだが――。

「おっ、柏木じゃん。ってか休日返上って、三組マジ意識高すぎだろ」

実際に声をかけられて気にしないでいられるかといわれると、話は別だ。

冷たい声に、一瞬で空気が澱む。

声をかけてきたのは、去年俺や田所のクラスの文化祭委員をやっていた清水だった。

「……おーー、まぁな」

名前を呼ばれたものの、俺はシーンの構成を考えるのにかなり集中していた。

そのため、曖昧に会釈をして誤魔化そうとした……のが癪にさわったのだろうか。

「いいよな、三組は。みるふぃー使うなんてチートだろ。ずっと思ってたんだけどさ、どうせ何やったって勝てるくせに、なんでそんな本気になってんの？」

いいや。俺につっかかってきたのはあくまで建前で、狙いは香澄だったのかもしれない。

俺は仕方なく顔を上げて、適当に返事をした。

「……別にいいだろ。俺たちだって文化祭楽しみたいだけだし」

「はぁ？　お前、文化祭に熱くなっちゃうようなキャラじゃなかったじゃん。そこそこ何でも出来るからってずっとダルそうでさー。俺、柏木が何かに本気になってんのなんて今まで見たことねぇよ」

「…………それは」

「やっぱ柏木もみるふぃーに良いとこ見せたいんだ？」

「…………」

ずっとダルそうで、手を抜いていた。

確かにそうだったかもしれない。

満たされているはずなのにいつも何かが足りなくて、あぁ、このまま死んだら俺には何も残らないのにな、なんて思って、焦燥感にかられるのに進み方が分からなくて、そんなことを話せる友達もいなくて、フユねぇも琴乃もどんどん先へ進んでいって。

でも、今は違う。香澄がいて、映画があって、クラスメイトがいる。

誰かと何かを作ることはこんなにも楽しいと、自分の時間を全て捧げても惜しくないほど『熱中』している。

一年前の焦っていた俺なら、ここで喧嘩をかっていたかもしれない。

「ごめん、今忙しいから後でもいい？」

へらっとした笑顔を作る。

『何か』の欠片を見つけた今の俺は、理解してもらえなくても、キャラじゃないと言われても、もうどうでも良かった。それに、こうして話している間にも、どうしたらもっと上手く撮れるかばかりが気になって、正直頭に何も入ってこない。

せっかく今、吐きそうになるほど集中出来ているのに。

友人というには浅く、知り合いレベルの清水に使う時間が勿体ない。

「柏木、ガチじゃん。見てるこっちが恥ずかしいわ」

「マジ？　俺はそこそこ楽しいけど」

「マジ。お前、浮いてるって」

「……そう？」

俺は適当に愛想笑いをして作業に戻った。

適当に流しておけば、つまらないと飽きて、どこかへ行くだろう、と。

しかし清水は、俺にあたっただけでは気が済まなかったらしい。

「ってかさ、柏木に強制されてさー、迷惑でしょ、みんな。貴重な休日使うとか。必死になっちゃってるけど、ただの高校の文化祭で必死にやって何の意味があんだよ」

俺が顔を上げると、清水はケラケラ、と嘲笑って言葉を続けた。

「てか、やっぱ最後はみるふぃーの知名度頼りだろ。あ、それでいいのか。そうやって目立つ戦法なんだもんな？　頑張ってますアピールとかいらねーし。みんな三組うぜーって思ってんだから、そろそろ気付けよ。だから不慮の事故で水がかかったりするんじゃねーの？　知らないけど」

「ッ、おまっ………」

琴乃は、こんなやつに嫌がらせされても、黙ってたっていうのかよ。

反射的にカッと怒りが込み上げるが、黙ったままキッと前を見据えている琴乃の姿が視界の端に映って、つかみかかりたい衝動をどうにか抑えた。

「同じクラスってだけで調子乗ってんなよ。みるふぃーもほんとは迷惑してんだよ！」

俺が、琴乃が、クラスメイトがどれだけ反論しても、傷ついていないと言っても、香澄はきっとまた自分のことを責める。

傷ついても、周りを心配させないように平気なふりをする。

だから、ここはもう完全に無視して——。

「必死になって、何が悪いの」

一瞬、鋭く飛んできた声が誰のものか分からなかった。

「……香澄…………？」

それは、ずっとフツウに擬態していたからで。

目立たないように、自分を押し殺していたから。

普段とは明らかに様子が違う香澄は、俺の声には反応せず、ゆっくりと清水の方へ歩いて行った。

「……知ってる？　蓮くんは、寝る時間も削って撮影の構図考えてくれてるの。だから最近はいつも、授業中眠たそう」

いきなり香澄の口から自分の名前が出てきて、嫌な緊張が背中を走った。

「琴乃ちゃんは私のためにシーンを増やしてくれたの。私のせいで嫌がらせされたのに、何もなかったみたいに話しかけてくれて、っ私の、心配までしてくれたんだよ」

気づいてたんですか、と。隣にいた琴乃は、今にも泣き出しそうな顔をしながら呟く。

「…………っ坂本さんは小道具を作ってくれたの。手に絆創膏貼ってるのに、っそれなのに、家で怪我しただけだって嘘ついて笑うんだよ。朝宮さんは、っ私を嫌いでも仕方ないのに、最近やっと、頑張ってるじゃんって、ちょっと認めてくれたの」

それからも香澄は、一人一人、クラスメイトの名前を挙げては、時々言葉を詰まらせながら語っていった。

「馬鹿みたいだよね。なんで、そんなに必死に頑張ってくれるんだろ。私なんかのこと、助けてくれるんだろう。見捨てないんだろう。こんな風に、守ってくれるんだろ」

自虐するように早口でそう言った香澄は、息を整えるように深く吸い込む。

「っ……私、こんなに失敗ばっかりなのに」

香澄は嬉しそうとも、悲しそうとも取れないような顔で、へにゃり、と笑う。

きっともう、とっくに限界は超えている。

だって、絞り出している声はもう、噛み締めるように泣いているのだ。

あと一回瞬きをしてしまったら涙が溢れ出しそうな目に、それでも笑おうと歪んだ口元。

俺の前に立つその姿は今にも崩れ落ちてもおかしくないほど華奢で細いのに、香澄のことだから、絶対に崩れ落ちないのだろうという確信があった。

「迷惑かけてるのは、ずっと、私の方なんだよ。それなのに、私の知名度頼り？」明らかに嫌がらせしといて、不慮の事故？　っ……馬鹿にするのも、いい加減にして‼」

香澄が声を荒らげていることに、心底驚いている自分がいる。

だって、この二ヶ月間で、香澄が人に怒っているのを見るのは初めてだったから。

「一生懸命やってる人を馬鹿にするような人、私、大嫌い……！　何⁉　じゃあ必死にならない方が偉いわけ⁉　なんで⁉　頑張ってる人のこと意識高いとか馬鹿にしてさ、それの何が悪いの⁉　否定するだけで、口だけでっ……。っそんなの、人の努力を認められない人の方が、よっぽどダサいから！」

清水は、自分の方へ向かってくる最上級の美少女に圧されて急に狼狽えだす。

そんな清水に、香澄は涙を堪えながら、今まで見たことないような満面の笑みを向けた。

「私の大事なクラスメイトを、っみんなの努力を、優しさを、っ〜何にも知らない貴方なんかにっ！　少しも語られたくなんかないし、否定されたくないっ……‼」

笑顔はアイドルの戦闘態勢。

苦しい時こそ、嫌な時こそ笑うのだと、言っていた香澄の姿が脳裏に浮かぶ。

その姿から目が離せなかったのは、俺だけじゃない。その場にいた全員が香澄に釘付けだったはずだ。

だって、こんなにも、見ろ、観ろ、魅ろ、視ろ、と訴えられている。

当の香澄はもう崩れ落ちる寸前で、上から強引にフォークを突き刺されたミルフィーユみたいに、ボロボロなのに。

なんだ、これ。なんなんだよ、これ。

「っ………」

息が止まりそうだった。

これが、香澄ミルの真髄なのかと。

桜が見えたのだ。香澄の後ろに、満開の桜が。

俺は無意識に指フレームを構えて、桜なんて見えていないと腕を下ろす。

収めたいと、思った。今の香澄を、映像に。

「なんだったんだ、今の……」

怖いぐらい、すっごくゾクゾクした。

本当の香澄ミルは、呼吸を止めて魅入ってしまうほど、本当に。

――めちゃくちゃ、カッコいい。

ずっと我慢しすぎる奴だと思っていた。

全て自分のせいにしたらいいのだと、諦めているようにすら思えた。

どうしてそんなに、涙すら溢さないほど耐えているのかと、怒りすら湧いていた。

でもそれは、本当に大事な物を守るためだったのだと、初めて気がついた。

『みんなのためだから、蓮くんのためだからっ！　だからっ、私のことなんてどうでもいいって、気持ち封じ込めて頑張ってるのに‼』

香澄の言っていた言葉が、ふと蘇る。

俺は聞いていたくせに、知らなかったのだ。

こんなにも強く、香澄がクラスメイトのことを大事に思っていたことを。

何にも分かっていなかったのは、俺の方だった。

『香澄ミルは歪んでいる』

普通、なんかじゃない。

自分の好きな人のためならいくらだって傷ついてしまう。戦って、我慢して、ボロボロになっても、涙すら流さずに周りのために笑っている。

でも、だからこそ、香澄ミルなのだ。

「……だから、きっと」

いつも逃げてばかりで、都合よく才能なんてものを信じて、本当はいつも逃げ腰のまま、変わる覚悟すら出来ていなかった俺がこんなことになっている。

傍から見たらダサいぐらいに熱くなっても、本気で、変わってみたいって思ったんだ。

だからこそ、清水に、自分でも信じられないほど腹が立っている。

絶対に許せない。俺は誰にも聞こえないように口の中でそう呟いて、今にも倒れてしまいそうな香澄の前に立った。

「調子に乗ってるわけでもないし、勝ちたいとか、そういうのじゃねーんだよ。そんなつまんないこと気にして張り合われても困るっていうかさ、ハッキリ言うと迷惑だから」

清水はボロボロになりながらも戦った香澄と、さっきとは明らかに様子の違う俺を見て顔を青くしている。それでも、許すつもりなんてさらさらない。

琴乃にポケリをかけた時点で、とっくにラインを越えているのだから。

……あぁ、これでコイツとの縁は切れたな、なんてどうでもいいことを考えた。

柏木は変わったとか、いきなりキレられたとか、有ること無いこと色々噂を流されるかもしれない。でも、そんな噂程度で切れる縁なんて、いくら切れてもいいと思った。

全員と仲良くなんて、幼稚園児みたいなことは出来ない。

こんなに『熱中』している今、そんなことはどうでもいい。

そんなことのために、俺は湧き上がってくる言葉を止められない。

「……あのさ、必死になんのって想像以上に楽しいもんだよ。本気でやるから価値があるっていうかさ。……なんて言ったら、お前にも伝わるんだろうな」

あぁ、香澄はすごいな。

俺は弱いから、こんな慣れない言葉を言うだけで、足が少し震えている。

「つまりさ、その。毎日つまんなそうに生きるなら、俺は断然こっちの方がいいよ」

「………………っ」

清水は目に見えて分かるほど顔を赤くして、捨て台詞を吐いた。

「……っそうかよ。精々出来レース楽しめば?」

「そっちも楽しんでくれよな、負けレース。んで、二度と三組に関わってくんな‼」

「っ…………」

「ま、香澄がいるいないに関係なく、今年は俺たちのクラスが優勝するって決まってるけど‼」

言いすぎたかもしれない、と、一瞬身構えるも、琴乃の「先生を呼んであなたに妨害されたと訴えますよ」という冷たい声で一気に冷静になったのか、清水はそのまま走り去っていった。

振り返るとクラスメイトは大歓声。

清水が見えなくなってすぐに、その場にへたり込んだ香澄は、クラスメイトに口々にカッコよかったと言われて囲まれながら、今にも泣き出しそうな顔を必死に隠していた。

「カッコよかったですね、みるふぃー」

琴乃も、嬉しそうに香澄を見つめている。

「ん。琴乃もありがとな」

「……別に、私は何もしてませんけど。柏木くんこそ良かったですよ。みるふぃーに出会ってから、すっごく、変わった」

「そんなこと、まぁあるけど！」

照れ隠しのようにそう言って、琴乃の肩に手を置いた。

「………………変わらない方が無理だろ」

アイドルだからじゃない。

香澄ミルだからこそ、香澄は魅力的なのだ。

俺はそんなことにも気づけないまま、香澄を傷つけた。

「……俺は」

「ちょっと蓮くん借りる!!」

「っは!?」

ぐい、と制服の袖を引っ張られる。

目の覚めるような桜色が視界の端で弾(はじ)けた。

「来てくれなかったら、泣く」

「……もう結構危ないけど」

「うるさいっ……!!」

香澄は、顔をぐちゃぐちゃにしながら、すぐ抵抗出来てしまいそうなほど弱い力で俺を引っ張る。

「どこ行くの」

「……知らないっ！」

「なんだそれ」

それでも瞳に強い意志を宿した香澄がもう一度見られたことが嬉しくて、また話せたことが嬉しくて、俺はなされるがままに引きずられてみることにした。

「琴乃ーー!!　俺と香澄の荷物、教室のロッカーにぶち込んどいて！」

琴乃の「はぁ!?　この後片付けどうするつもりですか！」という声に耳を塞いで足を進めると、香澄は袖を離して俺の手を上から握りしめた。

「っ………手、離したら怒る」

大きな瞳に涙をたくさん溜め込んで、上目遣いで。

決して離さないというように、震える手で指を絡めてくる香澄。

――――こんなの、守りたくならない方がおかしい。

そうして、香澄に連れられるまま、学校からどこかへ向かって爆走し、着いた先は大きなタワーマンションだった。

「ここ、ミルの家」

「は!?」

タワマンに圧倒されている俺を横目に香澄は早足でエントランスに入り、カードキーを押し当てて慣れた仕草でエレベーターを呼ぶ。

「……あのさ、本当にここに一人で住んでんの？」

「当たり前でしょ。こう見えてもミル、トップアイドルだったんだよ？」

だから家賃ぐらい余裕、と。

しかもエレベーターで押した階は当然のように最上階。

俺みたいな庶民はこの時点で気圧(けお)されてしまった。

「ちなみに、今までここに来た人は」

「いないよ？　知ってると思うけど、ミル他に家に招待出来るような友達いないし。君だから招待したんだし」

いちいちあざとくしないと話せないのだろうか、この元アイドル。

久しぶりの感覚にドキドキしている間に、エレベーターが到着を告げる。

「ここ。そこで靴脱いで、入って」

「……おじゃまします」

いやいやいやいやいやいや流石(さすが)に緊張するわ‼

吐きそうになりながら靴を脱いでリビングに進むと、そこにはミニマリストばりに生活感のない部屋が広がっていた。

ビックリするほど物がなければ、ほとんどがモノトーンの家具ばかり。

その無骨さのおかげで緊張は少し減ったが、緊張することに変わりはない。目を泳がせたまま、大きな窓の外を見ると、ちょうど夕陽が地平線に溶けていく瞬間だった。

「ここ、すごい景色綺麗だな」

「……え？　本当だ、綺麗だね」

ここに住んでから二ヶ月は経っているだろうに、知らなかった、と呟いた香澄は、カチャンとベランダの鍵を開けた。

「せっかくだから、外で話そっか」

俺は緊張を落ちつけ、そうだな、なんて返事をして、サンダルを借りてベランダへ出る。

やはりタワマンのベランダは一般庶民の家についているものとは違い、無駄に広く、バルコニーのような造りになっていた。

冷たくはない風が、スルリと頬を撫でる。

夕陽を浴びながら、香澄に促されて無造作に置かれている真っ白なベンチに座った。

香澄が俺をここに呼んだのは、もしかしてもなく、二人だけで話をするためだ。

切り出すなら早い方がいい。

「……あのさ。この間は、ごめん。勝手な決めつけで、色々話して」

「私こそ、ごめんね」

香澄は、思わず拍子抜けしてしまいそうになるほどあっさりそう言うと。

「今更無関係なんて、私の方が無理だった」

ソファに座って、ふっと口を開いた。

「冬華(ふゆか)さんに聞いたんだってね、私の話」

「…………」

「冬華さんがバラしたわけじゃないよ？　私から聞いたの。蓮くん、多分そうするだろうなって思ったから」

俺はすぐに手を合わせ、頭を下げた。

「悪かった」

「何が？」

「勝手に、香澄の過去探って」

「律儀(りちぎ)か。別に怒ってないよ。どうせ、ミルの人生なんてSukipediaにほとんど載ってるんだから」

香澄は曖昧に笑って、人差し指を俺の唇に押し当てた。

「だから載ってない部分、直接教えてあげるね？」

ひゅ、と緊張で喉が鳴った。

「ミルが髪切られた話は聞いたんでしょ？　ミルの髪切った人、あのあと人生めちゃくちゃになったんだって」

「…………え」

「よく考えたらそうだよね。マスコミには口止めして運営しか知らなくても、ミルは一番の売れ筋商品だったんだもん、警察にはちゃんと突き出したらしくて」

そりゃそうだ、と相槌を打つ前に。

「そしたら、なんと、奥さんと、生まれたばっかりの子供がいたらしいよ。はぁ？　って話でしょ」

空間を切り裂くような鋭さを持つ言葉が飛んできた。

「そ、れは」

重たい。思わず、この先を知りたくないと思ってしまうほど重たい話だ。

それなのに、香澄はもう一生分傷ついてしまったと言わんばかりにずっと笑っている。

「でね、許してくださいって言ったらしいの。それでも会社が許さないって言ったら、香澄ミルのせいで全部めちゃくちゃだって叫んだんだって。これは噂話を聞いただけだから、どこまでほんとか分かんないけど」

フユねぇが知ったらきっと、もっと気にするだろうと黙っていたのだろう。

香澄は、一度深呼吸をしてから言葉を続ける。

「もちろん周りは庇ってくれたよ？　でも、あの件で冬華さんが事務所に推されなくなったのは事実で、ミルがアイドルにならなければ良かったのかな、とか、他にもミルのせいで人生がめちゃくちゃになった人がいるのかな、とか考え出したら、止まらなくなっちゃってっ……それで」

香澄は真剣な語り口とは対照的に、ふにゃりと諦めたように笑った。

「壊れちゃった。戻れなかった、ステージに」

「…………っ」

「結局私は、ファンのためよりも自分のことを優先したんだよ。あんなに救われたのに、救われたからっ、ファンを笑顔にすることよりも、自分が嫌われることの方が、怖くなった。アイドルを続けるのは限界だって思った」

こんなに近くにいるのに、香澄が、遠い。

「みるふぃーを好きになってくれる人はいても、香澄ミルを受け入れる人はいない。だって、本当のミルは、ぐっちゃぐちゃだから。すぐ周りと上手くいかなくなって、壊して、嫌われるの。……それをずっと、アイドルに集中して見ないようにしてただけ」

「っ、そんなわけ」

「あるよ。今回だって、蓮くんがいなかったらそうなってた。私、やっぱり普通じゃないの。だから、みんなが傷つくことになる」

次の言葉を吐き出そうとして、初めて香澄の顔が歪んだ。

「っ……いつも気づいたら、周りに誰もいない」

すぐに折れてしまいそうなほど華奢な肩が、ビクリと動く。

だから、普通になりたくて、失敗出来ないと思い込んでいるのだろう。

必死に歪んだ部分をコーティングして、取り繕って、堪えて、自分よりも人の痛みに寄り添おうとする。

「そんなの、アイドル失格だから。そもそも、私なんかよりも、アイドルをやりたい子はいっぱいいるし。私じゃないといけない必要なんて、少しもない」

きっと香澄は、誰よりも優しくて、人のことが大好きなのだ。

そんな香澄だから、俺は今も、憧れて止まない。

言ってしまえば、最初は何かが変わると思ったから、だけだった。

その眩しさに惹き寄せられて、憧れて、友達になってもっと香澄のことが知りたいと思った。でも、香澄は、憧れたそれ以上に。

いつも何かに全力で熱中して。繊細で、感情豊かで。

人を思いやって、全部自分のせいだって堪え続けている。

それでも諦めずに頑張って、ひたむきに突っ走って、傷つくほど煌めいて。

その過程で、どうして一度も自分のことを認めてあげないのだろうか。

香澄はこんなにすごいのに。届かないってたまに諦めたくなるぐらい、遠いのに。

どうして本人がその全てを否定してしまうのだろう、と。

フツフツと何かが湧き上がってきて、どうにも、止まらない。

どうやら俺は、今、かなり怒っているみたいだ。

「じゃあ今も、アイドルって仕事のことは好きじゃねぇのかよ。アイドルになって、自分をコーティングして、普通の女の子じゃなくなったこと、後悔してるわけ？」

「……っそういうわけじゃ、ない！」

言葉が弾ける。叫び声が、香澄の喉を貫いた。

「後悔してるとか、無理してやってたとか、そんなわけないに決まってるでしょ⁉　生活をかけてくれた人も、私のために生きてくれた人もいて、だからっ、どんなに辛くても、普通じゃなくなっても、不幸だなんて一回も思ってないし、後悔なんて一回もしてない！」

安心した。これが、俺が知っている、憧れて、どうしようもなく遠い、香澄だ。

「じゃあ、それでいいんだよ‼」

他のことなんてどうでもいいから、俺にだけ集中しろ。

そう言う代わりに、香澄の頰を両手で包みこんだ。

「最初はアイドルになるつもりなんてなかったのかもしれないしさ、他のやつに気持ち負けてるとか思ってたのかもしんないけど、ちゃんと香澄なりに愛せるようになったんだろ。ファンのことも、アイドルのことも」

そうじゃないと、そもそもこんなことで悩んだりしない。

「でも、続けることが怖くなって、アイドルを辞めた。だったらそれでいいじゃん。今は普通の女の子なんだからさ、もっと楽しんで普通の女の子やって、もし戻りたいと思えるようになったら戻ればいいだろ」

香澄は俺を上目遣いで見つめて、俺の手を振り払う。

そしてそのまま立ち上がり、嗚咽を堪えるように叫んだ。

「っ……そんな自分勝手なことっ」

「自分勝手じゃねーよ。お前の人生なんだから、変わったっていいんじゃないの？」

「……え」

「だって、香澄は確かにアイドルだったけど。アイドルだけが香澄の全部じゃないだろ？」

そうだ。それ以上でも、それ以下でもなく。

「もし何かやりたいことが見つかったならさ。俺、その時はお前の最初のファンになってやるよ！　へこんだら、何でもないただの香澄の、良いところ一〇〇個言ってやる！」

だって、誰かを狂うぐらい熱中させることも、苦しみながらでも何かを続けることも。ちっとも知らなかった俺が感化されてこんな風にされたのだ。

「香澄がどれだけ自分を卑下したって、俺には無駄だからな‼　俺は、香澄がとんでもなくすごいやつだと思ってる！　憧れてる！　っだから、それを認めるまで褒め続けるの止めてやらねーから‼」

あぁ、もう、ぐちゃぐちゃで何言ってんのか分かんないけど！

「俺は！　香澄とだから‼　変わりたいって思ってるんだよ‼」

「…………」

香澄からの返事はなかった。

ただ、空白が、続いて。崩れ落ちるようにベンチに腰を下ろす。

うずくまる香澄の顔を覗き込んで、ようやく気がついた。

「っ……ふっ……ぅ」

香澄は、静かに泣いていた。

声を押し殺して。

彼女の大きな目いっぱいに溜まった涙が、つぅ、なんて表現では表せないほどの勢いで流れては、また目いっぱいになって溢れる。

白い肌を伝う涙の跡に、溶けてしまいそうな夕焼け色がやけに映えていた。

「…………ぇ」

俺はそれを、何も出来ずに眺めていた。

泣くなんて思わなかったのだ。

だっていつも、どんなことがあってもギリギリで涙を堪えて、絶対にこぼさないと唇をキツく結んで、前を見据えていたから。

無理やり笑顔を作って、まだ立ち上がれると傷だらけになりながら戦っていたから。

俺は馬鹿なことに、勝手に、香澄は泣かないものだと思い込んでいた。

「…………っ」

恐る恐る、夜に染まりかける色を吸い込んだ桜色を撫でる。

「……そんなの信じない」

「え」

「今、言ってくれなきゃ信じない！」

香澄はほんの少し顔を上げると、しゃくり上げるようにそう言ったので。

俺は泣きじゃくる背中を撫でながら、ずっと数え上げ続けた。

「……笑顔がかわいい」

「とうぜん！」

「性格が真っ直ぐ」

「っ、ん」

「いつも一生懸命頑張ってる」

「〜〜〜〜ッ」

「意地っ張りで、ワガママ」

「褒めてっ、ない……！」

「褒めてるよ。俺は、香澄のそういうとこが好き」

なんて、ちょっとクサかったたか。

誤魔化すように笑ってみせると、香澄がぐい、と俺の頬を引っ張った。

「ちょ、痛い！　痛いから！」

香澄は俺の抗議を無視して、空いたもう片方の手で涙を拭って、泣くのを我慢しているような、歪な顔のまま笑っている。

「……蓮くんの、くせに。何も知らないくせに、そんなこと言って、私の気持ちに気づかせてさぁっ……だいっきらい」

「…………」

「……っでもファンのこと、ちゃんと愛してたって、っ愛せてたって、気づかせてくれてありがとう」

それなのに、今までで一番、綺麗な笑顔だと思った。

もう夕陽は夜に溶けきって、空は暗くなり始めている。

ぼんやりと出てきた月明かりが、香澄の瞳いっぱいに満ちていった。

Side：香澄ミル

アイドルという職業が、最初は嫌いだった。

踊ることも歌うことも楽しかったけど、熱中して楽しくなるほど、出来ることが増えるほどに、私は一人ぼっちになっていったから。

それを振り切るようにのめり込んで、周りを見ないように輝くことだけ考えて、気づいた時には私は『絶対的なセンターのみるふぃー』としてステージのど真ん中にいた。

今更、私はそんなに特別な女の子じゃない、なんて言えなかった。

ほんの少し失敗しただけで、「こんなのはみるふぃーじゃない」と叩かれる。

香澄ミルはいらないのだ。ここに立つには、みんなの好きな私でいることが何より重要で、ボロを出すわけにはいかない。

ワガママなんて言って甘えている場合じゃない。

だって、本当は。本当は、この位置に立ちたい人は、私よりも切実で想いが強い人は、星の数ほどいる。

だから毎日毎日、必死に深夜まで練習した。私っていう人間の生活を全て投げ出して、まるで本当に機械みたいに。

だって、今日私のことを好きでいてくれた人が、明日も同じように私のことを好きでいてくれるかなんて分からない。

明日も好きでいてくれなきゃ、私は。私が、アイドルをやってる意味がない。

ファンにすら愛されないなら、私がここにいる資格はない。

その時にはもう、家族も、友達も、学校も、同期も、趣味も、好きなことも嫌いなことも、何も残っていなかった。ファン以外、何も残っていなかった。

弱くてワガママな私を、コーティングする。

崩れそうになるたびに、徹夜と努力で補強する。

そうしているうちに、私はどんどん無敵の最強センター、『みるふぃーになった』。

そうして舞台に立って、会場のサイリウムを見た瞬間、ただ、涙が出た。

ああ、まるで星空みたい。

「「「みるふぃーーーー!!」」」

こんな、空っぽな私にも、名前を叫んでくれる人がいる。

私のためにお金を使ってくれる人がいる。

私に憧れてくれる人がいる。好きだと言ってくれる人がいる。

そんな人達が、ファンが出来てしまった。

私のことが好きだと誰かに言った時、その人が馬鹿にされるような人間にだけはなれないと思った。サイリウムの光で視界がぼやけて、嗚咽が溢れた時、初めて生きてていいって言ってもらえたような気持ちになった。

私は一人ぼっちじゃなかったのだと、ようやく気が付いた。

――――この景色のためなら死んでもいいと思った。

誰かに望まれるのなんて、初めてだったから、私の空っぽな人生を、全部この人達のために使おうと決めた。何もかもを犠牲にしているのに幸せだった。

みんなが支えてくれるから、私は今日も笑顔でいられる。みるふぃーでいられる。

アイドルの仕事なんて、楽しいのはステージに立つ一瞬だけ。

辛くて、暗くて、ずっと寒い。

ご飯もお腹いっぱい食べれないし、ダンスレッスンでいつもフラフラで、部屋から出たら一瞬も気が抜けなくて、頭もぼーっとして何も考えられないの。

でも、やめられなかった。何を犠牲にしても、みるふぃーでいたかったから。

「私を愛してくれてありがとう！」

そうだ。……ちゃんと、思い出した。

「私をみるふぃーにしてくれて、ありがとう!!」

卒業コンサートで必死にそう叫んでいたのは、紛れもなく私だ。

この気持ちだけは嘘じゃなかった。

だって、今でも思い出すだけで涙が出てしまうから。

『みるふぃーがいたから生きようと思ったんです！』

『みるふぃーの動画に励まされて、手術受けることにしました。大好きです』

『この世で一番好きです。アイドルになってくれてありがとう』

それはきっと、こんなファンレターのせいで。

何よりファンのみんなが、大好きで、大好きで、たまらなかったから！


「……な、んで？」

なんで、こんなことを思い出させるんだろう。

『香澄がどれだけ自分を卑下したって、俺には無駄だからな‼　俺は、香澄がとんでもなくすごいやつだと思ってる！　憧れてる！　っだから、それを認めるまで褒め続けるの止めねーから‼』

言葉の代わりに涙が出た。

こんなに大切にされるのは初めてだから、なんて言っていいのか分からなくて、それで。

私、ちゃんと分かってたんだよ。

香澄ミルのまんまじゃ誰も私のことなんて好きにならない。

みるふぃーになって、あざとく武装して、砂糖菓子みたいに甘ったるくコーティングして、やっと愛してもらえるの。

それで良かったのに、そんな、バキバキに壊れた私まで大事にされたら、たまらない。

その方が悪口を言われることなんかよりも、もっと、もっと、私の大事な何かが崩れてしまいそうになる。

頭の中でぐるぐると、不安と、嬉しさと、泣きそうな気持ちがうずまく。

「なんで蓮くんは、そうなの？」

気づいたら言葉になって溢れていた。

「何が？」

誤魔化さないといけない。

その一心で、言葉を絞り出す。

「なんで、そんなに優しいの」

「それは、あれだろ。……友達だからじゃん」

「とも、だち」

そうか。こんなに特別で切なくなるような私の君は――――ただの、友達なのか。

どうして胸が痛むのか。その答えは、とっくに、私が知っている。

「ッ…………私は」

蓮くんがそばにいると、深く息が吸い込めなくなる。

蓮くんが笑うと、心がじんわりして、嬉しいのに苦しくなる。

みんなに囲まれて話している姿を見ると誇らしくなって、それ以上に切なくなる。

大丈夫だって言ってくれるだけで、泣きたくなる。

意味もなく辛くなる。私のものじゃない。ただ、それだけで。

「そっ、か」

こんなタイミングで気がついてしまった。

――――私、蓮くんに恋をしている。

たまらなく好きになってしまった。

それはファンだとか、大切な人だとか、そんな枠を飛び越えて。

抱きしめて、キスとかして、なりふり構わず甘えてしまいたいような。

だからもうアイドルじゃないのに、こんなに嫌われたくなくて、こんなにも苦しくて、どうしようもなく好かれたいと思っている。

私の想いなんて微塵も気づかずに、もしかして馴れ馴れしかったか、なんて不安そうにしている蓮くんが、蓮くんのくせに、愛おしくてたまらない。

私は右手のひらに視線を落とした。

「今から、ワガママ言っていい？」

「いい、けど」

「私、友達なんかじゃ我慢出来ないかも」

私はそう言って、蓮くんの右手首をとった。

そして、ちゅっと音を立てて手首に吸い付く。

もう決めた。絶対絶対、私のものにする。

今度こそ、ちゃんと、私自身の！

「っおま、なんっ、え⁉」

「桜、お揃いにしてあげた。これ見るたびに私のこと思い出してね？」

「っそんなこと、しなくても」

蓮くんの手首に、うっすらとピンク色の花が咲いた。

「いやいやいや。約束の印つけとかないと、忘れられたら困るもん」

「……アイドルコミュニケーション、マジで心臓に悪いんだけど」

こんな大胆なこと、しないよ。君にしか。

私はそんな言葉を飲み込んで、ニヤリと笑ってみせた。

「そろそろ寒くなってきたし中入ろーぜ」

「……その前に、もう一ついい？」

「いいけど」

立ち上がった蓮くんを引き留める。

そうだ。私にはもう一つ、どうしても話したいことがあるんだった。

「……私ね。本当は多分、普通の女の子じゃなくて、『私』になりたいの」

ずっとずっと考えていた。

普通の女の子にもなれなくて、アイドルにもなり損った私は、何になれるのだろうかと。

でも、そうではなかったのだ。

私は、今まで強引に無視してきたせいで聞こえなくなった、本当の私の声が聞きたい。

偶像のまま走り続ける『みるふぃー』でも、普通じゃないまま庇われるだけの『香澄』でもなくて、今まで押し殺してきた、本当の『私』になりたいんだ。

偽って我慢して、何かを犠牲にするんじゃなくて。

私は私のまま、誰かに愛されてみたい。

「自分を、もっと大切にして。好きになれるような、『私』になりたい」

私は、変わる。変わってみせる。

だって、もう『みるふぃー』は辞めたのだから。

そんな、高校二年生にもなってと、きっと笑う人もいるような願いのはずなのに。

蓮くんは少しも引くことなく、真剣な顔で口を開いた。

「いいじゃん。普通の女の子より、よっぽど香澄らしくて」

「……そうでしょ？」

だから私は、君のことが好きなんだ。

「じゃあ、共同戦線更新だね」

「あぁ。よろしくな」

あぁ。やっぱりこれだけじゃ足りないな。

本当の、コーティングを剝がしたグロくてめんどくさい私は、ワガママなのだ。

頷（うなず）いた蓮くんを見て、つい言葉が先走る。

私は握手を求めるように右手を差し出した。

「今までにないようなもの、これからもっと見せてあげる。『私』の人生、丸ごとあげる！」

私は息を吸い込んで、とびっきりの笑みを浮かべた。

「だから、蓮くんの『これから』も全部私にちょうだい‼」

「っ……おう‼」

蓮くんはそう言って、最初の時よりも確実に、私の手を強く握りしめる。

でもそんなのじゃ、全然足らない。

私は勢いよく蓮くんの身体に抱きついた。

「っ〜〜〜〜ん‼」

伝われ。私の気持ち。全部、伝わっちゃえ。

でも蓮くんは私に腕を回してもこない。

あーあ。そんなところが、好きなんだけど。

「……っ香澄？」

「ミルがぎゅってしたら、ぎゅって返すの。これ、常識だから」

「どこの世界の⁉」

「私の常識。私だけの常識。だから、これからは気をつけるように」

「これからがあるのかよ⁉」

あるに決まっている。

悪戯っぽく笑った私に、蓮くんは呆れたように呟いた。

「……ワガママ」

「そうだよ？」

私、もっともっとワガママになる。君のせいで。

私は蓮くんから離れて、真っ直ぐ彼の目を見た。

「あ、のさ。色々、ありがとう。……だっ」

その言葉のあとに、大好き、と続けようとして言葉を引っ込めた。

大好き、なんて本当は自分から一番遠い感情だと思う。

だって、苦しい。誰かに心が囚われるのも、特別だと思うのも。

誰も本当の私のことは好きにならないから、それなら私も誰も好きにならなくていいって。そんな私が、そんな私なのに、どうしよう。狂おしくて、動悸がする。

この想いを否定されたら、死んだっていいくらい、クラクラする。

「なんでもない！　……冷えてきたし、そろそろ中に入ろっか！」

私は一瞬で熱くなった頬に手を当てた。

――今まで知らなかったのだ。

本当に好きな人ほど、好きって伝えるのが怖くなるなんて。

Side：柏木蓮

久しぶりに泣いたらお腹減った、と。

香澄がポツリと呟いたことがきっかけだった。

じゃあ一緒に夜ご飯でも食べるか、ということで、香澄が冷蔵庫には何もないと言うので、フードデリバリーサービスに連絡したところまでは良かったのだが。

「蓮くん、どれぐらい食べれる？」

「え？」

「だから、料理。ミル、テンション上がって結構頼んじゃったんだけど」

その言葉に若干の不安を覚え、注文表を見せて欲しいと言ったところ、ピンポーン、と。

来客を知らせるチャイムが鳴ったのはその時である。

「はーい。ドアの前置いておいてくださーい」

と明るくインターホンに出る香澄と、重い腰を上げて立ち上がり、料理を取りに行く俺。

「配達員さん行ったっぽいしドア開けていい？」

「どーぞどーぞ」

香澄からオッケーが出たので、ドアを開けるとそこには到底二人では食べきれないような量の食事がずらりと並んでいた。

左から、中華、和食、洋食、韓国料理、デザートと種類も様々である。

これ、テンション上がって頼みすぎたとかそういう問題じゃねーだろ⁉

「あ、一人じゃ無理だろうからミルも取りに行くね～」

「……香澄、これ本当に二人で食べる用？」

「もち」

ドヤ顔ピースサインやめろ。

「てかそもそもこれだけ食べて大丈夫なのかよ。いつもすごい食事制限とかしてるじゃん」

「今日はいいの！　普段チョコとか我慢してる代わりに、二週間に一回好きなもの食べていい日を決めてるのです。チートデイってやつ。聞いたことない？」

「あぁ、なんかたまにはしっかり食べて基礎代謝を落とさないようにする……みたいな」

「そうそう。だから今日はいっぱい食べていい日なんだよ～！」

香澄は嬉しそうにそう言って、ニコニコと料理をダイニングへ運び始めた。俺もその後に続いて料理を運ぶ。

先ほどまではつい不安の方が勝ってしまったが、落ち着いて見てみると全て一流店のもので、すごく美味しそうだ。

「じゃあ食べよっか。いただきまーす」

「だな。いただきます」

いただきます、と言ったにも拘わらず、香澄はじっと俺の方を見て箸を進めようとしない。

「……なんだよ」

「あっ、いや。誰かが私の家でご飯食べてるなんて、初めてだなって」

香澄は噛み締めるように言葉を続けた。

「…………すごく、嬉しくて」

なんなんだろう、このかわいい生き物。

「……別に、俺でよければまたご飯食べに来るけど」

「っ……そしたら、ミルおすすめの美味しいデリバリーフード全部頼んであげる」

「当然のようにデリバリーフード」

すぐ財力に甘えようとしないでください。いやちゃんと食べてるだけ偉いか。クラスでお昼食べる時も、俺が言うまでサプリとゼリーだけだったし。

「だってミル、手料理とか無理だもん。……まぁ蓮くんがどうしても食べたいって言うなら特別に作ってあげてもいいけど」

「いやいやいや。美味しいデリバリーフードで我慢しとくよ」

「全然我慢しなくていいのに。ばーか。…………ありがと」

「何が？　あっ、この唐揚げ美味いぞ」

「なに私より先に食べ始めてるの⁉　それはもっと美味しい食べ方があるのに！」

香澄は呆れたように、でも確かに笑って、そう言った。

しかし、事務所の寮で一人暮らしをしていた時は分からなくもないが、家ですら「いただきます」も聞けないような環境だったのだろうか。

「ふっふっふ。この黄金の麻婆豆腐は予約しないと手に入らない限定のもので……」

「ありがとう、いただきます」

「あー!?　誰も食べていいって言ってない‼」

「うわっ、超美味い」

「そりゃそうだよ！　うわーん‼　蓮くんのあんぽんたん！」

そういうことはまた、ゆっくり知っていけばいい。

季節はまだ六月。文化祭すら今からで、クラス替えまで時間は山ほどあるのだから。


それから想像以上の料理の美味しさと、香澄の大食いにより、なんと俺たちはパッと見約五人分の料理を平らげた。

二人してフードファイターデビューも遠くない食べっぷりだ。

「めちゃくちゃ腹一杯になったな」

「だね。じゃあこの後どうする？」

「……この後？」

「…………いや。忘れてください」

何かする約束でもしていただろうか、と考えて聞き返すと、香澄は恥ずかしそうにじわじわと顔を赤くしてそう言った。

この後。この後？

真剣に考えるが、本当に何かを約束した覚えがない。

「ごめん、ちょっと一回洗面所借りていい？　手羽先食べる時に手汚しちゃってさ」

「あっ、うん。どうぞ～。廊下の右側のドアだよ」

「オッケー、ありがと」

思い出すまでの時間稼ぎと、本当に手を一度洗いたかったのもあり、廊下に出る。

すると、流石は高級タワマン。

廊下の右側を見るが、三つほどドアがあってどれが正解なのか分からない。

「香澄、右側のどのドア？」

…………返事がない。後片付けでもやってくれているのだろうか。

わざわざこれを聞くためだけに後片付けを邪魔するのも申し訳ないしな。

よし、ここは勘で一番手前のドアを……！

「やっぱり案内……って、待って⁉」

「え」

「っだっ～ぁぁぁぁ⁉」

焦って廊下に出てきた香澄と、既にドアを開けてしまった俺。そして言葉にならない声をあげて崩れ落ちる香澄。

「………そっ、そこはダメだって言おうと思ったのにぃ……」

「え、ごめん。返事なかったからつい。てか、そんな落ち込むことか？」

暗い室内でぼんやりと光るキーボードやマウス。壁にかけられたパネルライトで、デスクの上に置かれたゴツいパソコン周りだけが明るくなっている。

ライトの色は、香澄の髪色のような桜色で統一されていて、ネオンに光っていた。

壁にずらりと並ぶのは数えきれないほどのゲームソフト。

俺が間違えて開けてしまった部屋は、所謂（いわゆる）ゲーミングルーム、というやつだった。

「だって知られたくなかったんだもん……」

もう一方の壁にはまるでシアター用のように大きいモニターが飾られていて、ゲームキャラクターのポスターが、元の壁の色が見えないほど飾られている。

可愛(かわい)らしい要素といえば机の上に置かれた猫耳つきのヘッドフォンだけで、ところ狭しと並んだ黒色の導線や格ゲーキャラのフィギュアたちの中で唯一異彩を放っていた。

俺はぐるりと部屋を見渡して、息を吐き出した。

普通、どれだけ凝ろうとしてもこんな密度の部屋にはなかなかならない。

最初、リビングを見たときは、あの香澄でも家は普通なのかと変な感じがしていたので、逆に嬉しくなってしまう。

「この部屋めちゃくちゃカッコいいって、俺もうここに住みたい」

「ッ〜だ、か、ら！　なんで蓮くんはそんなに好意的なの⁉」

「ここまでハマれるものがあるって時点で羨ましいだろーが‼　こんなすごいんだから、もっと自慢したらいいのに」

俺だったら週五で友達呼んで自慢する。……いや、ここまでのこだわりだったら、聖域みたいな感じで誰も通したくなくなるかもしれない。

「そっか。君はそういうやつだった……」

香澄は息を整えるようにそう言って、パチンとゲーミングルームの電気をつけた。

そして、すんっと無表情になってこちらを見つめる。

「ミル、ゲーマーなので。この空間がないと生きられないんですよ。bpex はダイヤだし、友達いないからずっとソロでガチってるの。どう、引いた？」

「いや。普通にめちゃくちゃ羨ましい」

アイドルで自己実現して、趣味までガチとかどんだけ理想の人生してんだ。

ちょっとは俺に分けてくれ。

「……あーもう。いっそのこと、ここで引いてくれたら良かったのになぁ。…………そのせいで、もっと好きになって、困る」

「…………え？」

「なんでもない。共同戦線の相手選び間違えたなって話」

その割には嬉しそうな顔をした香澄は、スッとゲーミングルームの中を進んでいく。

「俺ほど適任な人間もいないだろ。傷つきました〜〜」

「そんなこと言える人は傷ついてません。そもそも間違えたって言っただけで、嫌だとは言ってないでしょ？　むしろ蓮くんで良かったと思ってるよ」

「……そうか」

こういうところが、香澄はやっぱりずるい。

勘違いする前に、と俺は話題を変えた。

これだけ香澄といたらもう勘違いする余地もないのだけれど。

「あのさ。もしかしてこの後って、一緒にゲームやろうって提案してくれるつもりだった?」

そうだ。さっきの「この後」発言はクラスメイトが来たことにテンションが上がって、帰る想定をしていなかったのではないだろうか。

夜ご飯だって、わざわざデリバリーを取らなくても外食すれば良かったわけだし。

チラリと香澄の顔を見ると、そこにはゆでだこのように赤くなっている香澄がいた。

もしかして↓図星。

「〜〜っ忘れてって言ったのに! ……そうだよ! ライトゲーマー装ってモリオカートとか紹介するつもりだったけど⁉ なに⁉ 嫌なの⁉」

「嫌とは言ってないだろ。それならbpexしよーぜ。俺、全然弱いからかなりキャリーしてもらわなきゃだけど」

「…………仕方ないなぁ。ミルが死ぬほどキャリーしてあげる」

香澄は渋々といった様子を装い切れていない、満面の笑みでそう言った。

それから俺たちは、しっかり二時間ゲームをしてから解散した。

「あーーっ! もう割れてる割れてる! 今攻めなきゃじゃん! バカじゃないの⁉」

「しっかたないでしょ！　今マジいいとこなのにっ――――詰めろ‼　あーーもうエイムがゴミ！　一生射撃場こもっとけ！」

「暴言すごっ。ボイスチャットつけてないんだから俺以外の味方にどれだけ言ったって聞こえるわけないのに、よくそんだけ叫べるな⁉」

　結論から言うと、香澄はマウスを握るとかなりしっかり人格が変わるタイプだった。

　いつもこんなことしてたら喉枯れるぞ。

「よっしゃ、蓮くんナイス！　バレた時は結構本気で死のうかと思ったけど、喋りながらゲームするのって楽しいねっ！　今までずっと、身バレしないようにボイチャ切ってたから、こんなの初めて！」

　しかし、『アイドルらしい』、常にニコニコしている香澄よりは、たまに暴言を吐くこちらの方がよっぽど『普通の女の子』である。

「私、今、幸せすぎて怖い」

「そんな付き合いたてのカップルみたいなセリフ今使うなって。……まぁ俺も楽しいけど」

「香澄、うるさい」

　文化祭の映画に、価値観こそズレていても気の合う共同戦線相手。

「やった。ふふ、そーしそーあいだぁ」

「それはちょっと違う」

「なぜっ⁉」

緩む頰を、ふと確認して。

自分の顔が思いっきり笑っていることに気がついた。

十．止まれないとか、本物みたいな

六月初旬。いよいよ文化祭に公開する映画の撮影も本格化してきた。

六月末の文化祭に間に合うように、ということで、都合がつく人から参加してもらい、シーンの役者が揃い次第、そのシーンから撮影するようにしているのだが、これが想像以上に上手くいっていない。

琴乃の書いた脚本『クラスメイト』は、実在するこのクラス、二年三組を舞台とした日常ミステリーだ。

そのため、ほとんどのクラスメイトが自分役として参加するシーンがある。

しかし、部活だなんだで放課後はまとまった時間が取れないことが多い。

そのせいでどうしても何日かは休日を捧げてもらう必要があり、香澄が呼びかけてくれるおかげで参加率が低いわけではないのだが、各々の予定もあってなかなか上手く人が揃わないことも多かったのだ。

どうにかなるシーンは琴乃に無理を言って変更してもらっているのだが——。

「これ以上変更って言われたら私、泣きますからね。柏木くんの鬼監督！」

と怒られたのでそろそろ限界である。

ということで、俺と香澄はこの休日も気長に人を待ちつつ、編集を先に進める方針になった。

しかし、どうしても空き時間というものは生まれるものなので。

「蓮くん、鬼ごっこでもしよう」

最初はぼーっと空を見上げていたのだが、どうも飽きてきたらしい香澄がそう言い出した。

「この年になって？」

「この年になって」

真顔だ。覚悟が決まっている。

「さっき小道具の買い出しで百均行った時に水鉄砲買ってきたから、当たったらアウトのルールね！」

「準備万端かよ」

最初は断ろうかと思ったが、ちょうど先ほど午前の分を撮り終わってみんな帰ってしまったので、ここにいるのは文化祭委員の俺と香澄と、脚本を調整してくれている琴乃だけだ。

「琴乃ーー、今から水鉄砲鬼ごっこやるんだけどやる？」

「何ですか、それ。いや、やりますけど！　ちょうど蒸し暑くて死にそうでしたし、脚本調整の現実を忘れられるなら……」

「目が死んでいる。生きた屍のようだ」

「誰のせいだと思ってるんですか‼」

「俺」

「よっ、余計にタチが悪い……！　こうなったら水鉄砲でコテンパンのビショビショにしてやりますよ！」

琴乃はこういう時だけちょっとバカになるのだ。

断る理由もなくなったので、香澄に親指を立てて合図すると、「ラジャです！」と言って速攻で嬉しそうに水鉄砲に水を詰めに行った。

百均の水鉄砲で喜べる元トップアイドルと、高嶺の花代表の委員長ってどうなんだ。言い方悪いけどめちゃくちゃコスパいいな。

「よっしゃ、じゃあやるか！」

　まぁ、だからこそ俺と仲良くしてくれているわけですが。

「琴乃ちゃーん！　私、負けないからねっ」

「こちらこそです。こう見えて私、意外と鬼ごっこ強いんですよ」

「ふっふっふ。ミルもこう見えて、鬼ごっこ鍛えてるもんね。それにこっちの水鉄砲はなんとタンク二倍搭載！」

「はっ、はかりましたね⁉　強いとは言いましたけど、情けとかないんですか⁉」

「勝負の世界に情けは無用なのだぁ！」

　俺は立ち上がり、早速水鉄砲を撃ち合って眼福な風景を見せてくれている二人の元へ向かった。

「さぁ、二丁持ちの俺に勝てるかな……？」

「物量作戦は卑怯（ひきょう）ですよ⁉　この制服が濡（ぬ）れたら私、替えの洋服持ってないのに！」

「みんな条件は一緒だよ、琴乃ちゃん」

「そうそう。香澄の言ってた通り、勝負の世界に情けは無用だからな」

「文化祭委員チームの覚悟の決まり方はなんなんですか⁉　あっ、ちょっ、狙い撃ちは卑怯ですーー‼」

　楽しい。新鮮な悲鳴はいいものだ。せっかくなんだから、楽しまないと損だよな！

──ちなみにこの後、午後から水鉄砲鬼ごっこに参加したクラスメイトによって撮影された、この時の写真がクラスラインに送られたことで休日の映画撮影への参加率が跳ね上がったのは嬉しい誤算である。


月曜日。昇降口で靴を履き替えていると、後ろからトントンと背中を叩かれる。

「おはようございます、柏木くん」

サラリと揺れるポニーテール。見る制汗剤。琴乃だった。

「あぁ、おはよ。今日も朝からしゃんとしてるな……」

「ふふ。土日もみるふぃーに会えるなんて、ご褒美中のご褒美ですから。特にみるふぃーと水鉄砲鬼ごっこが出来た思い出は、死ぬまで忘れないと思います！」

「本人の前では隠しきるその根性、マジですげぇよ」

「当然ですっ。我々は影の存在でいいんです」

我々って誰だ。そこは私でいいだろ。

俺の前では全開な琴乃だが、これで本当に本人にはバレていないのだからすごい。

文化祭まではもうすぐだが、クラスメイトの協力のおかげで順調に撮影が進み、残すところは香澄が登場するシーンのみとなった。

俺たちの映画『クラスメイト』は、主人公の元に届いた手紙から始まる日常ミステリーだ。クラス内で起こる小さなミステリーを、クラスメイトと相談しながら解決していくのだが、その犯人は昔クラスメイトを病気で亡くした学校ＯＢの教師である。

亡くなったクラスメイトとはミステリー研究会の仲間であり、友の残した謎を部室で見つけ、腐らせておくのは勿体ないと思ったことが動機。

香澄が演じるのは亡くなったクラスメイトの親戚の娘役で、最後のヒントになる鍵を主人公に託してくれる、一シーンとはいえ重要な役だ。

「今日からみるふぃーのラストシーン撮影ですねっ。私、ここのシーンに一番力を入れて書いたので楽しみです」

と琴乃がウキウキしているだけあって、シンプルだが香澄が目立つ演出になっている。最初に台本を渡された時、ビッシリ書き込まれた説明に思わず笑ってしまったほどだ。

「確かにこのシーンだけ注釈の数すごかったもんな」

「いいじゃないですか、クラス内推しを輝かせたって。職権濫用でも何でもしてやりますよ」

心なしか顔をキリッとさせる琴乃。

もしかすると脚本担当に立候補したところからこれが狙いだったのかもしれない。

………クラス内推しでこの力の入れよう。

ますます、フユねぇと幼馴染だとバレた時の反応が怖い。


「私にお願いがあって来たの？　……そう、叔父さんのこと。上がったら？」

放課後。ようやく、香澄のシーンの撮影が始まって。

一瞬で、教室の空気が変わった。惹き寄せた。視線を。興味を。何もかもを。

まるで香澄の周り以外全ての時が止まってしまったみたいに、動けなくなる。

「…………蓮くん、カットまだ？」

「え、あっ、カット‼」

いつも通りの香澄の声で、ようやく時間が動き出した。

「えっ、めっちゃいいよ。マジですごい。ほんとすごい」

「ふふ。蓮くんってば語彙力どうしちゃったの。でも嬉しい！」

ぶい、と香澄はピースサインをこちらに向けた。

さっきまでのクールビューティーな大人っぽさが嘘のようである。

「あっ、今ちょっと残念そうな顔したでしょ！　そうか。そんなにクールなお姉さんがいいのかぁ……」

「いやいやいや。そんなこと一言も」

「目が語ってたもん。琴乃ちゃん、判定」

「ギルティです」

「ですです」

「いつ裁判になったんだ」

裁判長、冤罪（えんざい）です。

「じゃあ次は叔父に託された手紙を読み上げて、廃部になったミステリー研究会の元部室の鍵を渡すとこだな。和室のイメージだから茶道室で撮らせてもらおう」

「え、いいの？」

「あぁ。琴乃が茶道部を説得してくれたんだ」

やはり撮影場所交渉はクリーンなイメージの人間がやるのがいい。適材適所である。

「じゃあ移ろっか。ミルってば天才だから、すぐ蓮くん監督のオッケー出させちゃうよう」

「それは助かるな。じゃあ今日は各々解散で～～」

ゆるい返事をして解散していく中、琴乃だけは「私はご一緒しますね」としれっと着いてきた。どうやら香澄の演技を見逃したくないらしい。

「カット！　一発オッケーだな」

茶道部でも香澄はトントン拍子で撮影を終わらせた。茶道部の方々に、こんなに早く終わるなら、とお茶を一杯ごちそうになったぐらいだ。

しかし、その後問題だったのは、香澄の演技が本当に天才的だったことである。

——あの子の才能は、暴力だから

フユねぇの言葉が、ふと頭に蘇る。

俺の実力は、追いつくことが出来なかった。

深夜一時。俺はパソコンの前で、モニターを確認しながら、うんうんと唸り続けていた。

「……あーー、ここはもうちょっと引きのが良かったか？　いや、構成も構図も悪くないはずなんだよなぁ。香澄の存在感がそれだけヤバいって話で…………」

当たり前のことだが、香澄は現実ではそうそうお目にかかれないレベルの美少女だ。

美少女が出てくるだけならまだ、特別綺麗なキーパーソンというだけで落ちつく話だが、演技まで上手いとなると本当に目が香澄にしかいかなくなる。

香澄のシーンの撮影が想像以上に早く終わったので、週末休みを使って最後まで編集して通しで見てみたのだが、香澄のインパクトが強すぎた。

今の編集の仕方だと、ストーリーなんてそっちのけで香澄に意識がいってしまい、せっかくの主人公が霞んでしまう。救いは香澄のシーンが少ないことだが、それが逆に香澄を際立たせてもいるので、本当に救いだと言ってもいいのだろうか。

「このままじゃ、ダメだよなぁ……」

行き詰まった俺は、この時間でも確実に起きているであろう琴乃に一度相談してみようとして、やめた。もう少し、頑張ってみたいと思ったのだ。自分だけの力で。

「っし……！」

寝ぼけた頭に活を入れる。アドレナリンが、じゅわっと溢れたような気がした。


——とはいえ、時間は待ってくれないのが現実だ。

映画監督初心者の俺には、こういう時にどうしたらいいのかが分からない。

香澄の言葉、動き、一つ、一つが綺麗で。繊細で、儚くて。俺の付け焼き刃のような技術じゃ、ただ圧倒されるだけだった。まるで初めて会った時みたいに、春の嵐に襲われているだけ。そこに監督の意思なんて一つもない。

何も思い浮かばなくなって眠ったのに、夢の中にも追いかけてくる。

今の俺じゃ、足りないんだ。気力で保っていた熱量が、少しずつ失われていく。足が雪道にハマって、じわじわと凍りつき、痺れて感覚もなくなっていくみたいに。

「……難しいな」

文化祭は、あと一週間にまで迫ってきた。

解決策は、なくはない。覚えていないほどの時間を消費して思いついた考えは、香澄のカットを大胆に減らすことだった。

最初に一カットだけ出して、最後に結論だけ持ってくる構成にする。

でも、そうしたら八割がた完成した映画を再編集し直さないといけなくなる。

今からやり直して間に合うのかも、これが正解なのかも分からない。

ただ、このままではいけないことだけは確かだ。

悩み続けること丸一日、ついに俺は天井を見上げたままベッドの上で何も出来なくなった。とりあえずスマホを見て、さほど興味ない動画を見て、時間が過ぎていく。

そして、ふと頭を過る。

もうあのままで、いいんじゃないだろうか。

必死に頑張って、心と時間を擦り減らしても、ここが限界だったのだ。

このままでもきっと、処女作にしては悪くない。

香澄にも、ダメ出しはされないはず。

それでも、悔しいものは悔しくて、何が悔しいのかも分からなくて、ただ動けない。

そんなことを考えてはうずくまっていると、不意にスマホが鳴った。

どうせ田所の暇電だろうと、画面も見ずに電話に出る。

「……………もしもし」

「もしもーし。ミルだけど」

その言葉に、一瞬で飛び起きた。

「こんな時間になんだよ」

「なんだよって、蓮くんがこの日までには映画の完成版送るって言ってたのに送られてこないからかけたんだよ？」

「……あ」

そうだった。ブワッと、嫌な汗が身体中に広がる。

確か、一週間前にはそこそこ出来上がってるはずだから送ると言ってしまっていたのだ。

「分かった、今送っ……」

ベッドを降りて机に向かい、開いていた編集ソフトを閉じて。

パソコンを操作する手を、止めた。

「……？　どうしたの？」

今、ここでこれを香澄に送ったら、本当に妥協してしまうことになる。

そう思ったら、送信ボタンをクリックする手が動かなくなってしまった。

もう、ちゃんと傷ついた。努力したし、熱中したし、十分楽しんだ。

今、ここでやめたらきっと、楽しい文化祭の思い出として終われる。

だから、でも、それなのに。

「あのさ。今からちょっと会えない？」

口から、弱々しい言葉がこぼれた。


夜七時の公園は、いつもとは違った静かな雰囲気で。

香澄は、部屋着のようにラフなTシャツ姿で、ベンチに座って俺を待っていた。

「ごめん、待たせて」

「んーん。タクシーで来たから早いだけ。そんな待ってないよ。で、何のご用でしょう？」

早く本題に入ろう、と。

問いかけてくる香澄から目を逸らし、俺はどうにか向き合わないようにしていた感情を絞り出した。

「あ、のさ。俺、その、結構、映画作り、本気でやってて」

「うん」

「最初は形になったら満足だろ、ぐらいに思ってたのに、今は形どころか最高傑作にしたくて、どうやったらもっと良くなるかとか、ずっと考えててさ」

香澄は柔らかく微笑(ほほえ)み、頷(うなず)いてクスクス笑った。

「かしこまって言われなくても、とっくに知ってるよ。だって蓮くん、ずっと授業中、眠そうにフラフラしてるんだもん」

そのおかげで、ほんの少し気持ちが落ち着く。

俺はどうにか、言葉を続けた。

「……でも、その分怖いんだよ。本気になって作ったものが失敗したらって考えると、夜も眠れない。毎晩、夢を見るんだ。クラスのみんなの努力を台無しにして責められる夢」

それは本物じゃないのだと誰かに言われて、絶望することが、怖い。

全力で努力して、本当に本当に踏みとどまれないぐらい好きになって、夢中になっても届かないかもしれないのだ。

「俺、あれだけ何かを探してたのに。いざ見つけると、好きだって認めることすら怖くて、その結果がこれかよって失望されるのも、自分に失望するのも、嫌で」

そうだ。カッコばかりつけたまま、潔く受け入れることも捨てることも出来ずに。

「それなのに、まだ」

まだ、心の中で燻る炎が消えてくれない。

レンズを覗いた時の、もう台本を削れないと言う琴乃の、脚本を読む香澄の、編集をして映えさせる、全ての時間が。

「まだやれるって、うるさいんだよ」

これ以上傷ついても変われないかもしれないと、心のどこかで俺が言う。

でもそれ以上に、絶対に諦めるなと、うるさくってたまらないのだ。

イラ立ちをぶつけるように、ベンチに拳を叩きつける。

香澄はそんな俺の様子を見て、クスリと笑った。

「……ねぇ。蓮くんはいつまで、誤魔化してるの？」

「…………え？」

「結論、出てるじゃん。やりたいんでしょ？　ならやるんだよ。蓮くんは、目の前の物しか見なくていいの」

教えてあげたでしょ、と香澄はそう言って。

「他の人が何て言うとか、認められないかもしれないなんて、そんなのどうでもいい」

「っでも、映画は俺だけのものじゃないし。みんなが」

「なんで一回周りを気にするの？　今、ここには私と蓮くんしかいないのに」

頭の奥で、カン、と音がする。

「じゃあさ。誰かが蓮くんに、熱中するなって言ったら、蓮くんはやめられるの？　ここで私に、もう限界だからそれでいいって言われたら、それで満足なの？」

カン、カンと、カチンコの音がどこかで響いている。

「一人じゃやめられなかったから、私に連絡したんでしょ？」

そうだ。俺は、ずっとあの、レンズ越しの景色が見たくて。

「理屈じゃ止められないんだよ。見つけちゃったんだから。それが一番楽しいって知っちゃったら、止まらない。熱にあてられた人間はもう止まれないの」

そう言いながら、うっとりと微笑む。

「無理なら越える。やりたいならやる、それだけだよ」

だって、やらなくても生きていける理由なんて、どれだけでも見つかるんだから、と。

香澄は瞳の中に燃やしていた有り余る熱量をフッ、と消して声をひそめた。

「それでも、どうしても理由をつけて立ち止まりたいなら、私は止めない」

これは優しさではなく、勧告だ。

「これでいいって言い聞かせて甘えて、そんなに傷つきたくないなら、ずっとそこにいるといいよ。失望したなんて、私は言わない」

香澄はそう言って、弾みをつけて立ち上がった。

「でも、蓮くんはきっと止まれないよ。もう見つけちゃったから」

そして、こちらを振り返らずに公園の出口へ向かう。

「映画、楽しみにしてる！」

止まらない。止められない。

香澄から燃え移った炎が、弱々しかった火を大きくしていく。

「止まれる、わけない」

そうだ。だって、ずっと俺は、こうやって何かにマジになって生きてみたかった。

急に頭がクリアになる。

人間関係とか、評価とか、時間とか、いらないものが削ぎ落とされていくように。

俺は走って家に帰り、慌ててパソコンを起動した。

マウスを動かす。そうだ。全てをかけろ。諦めようとすんな。

何もアイデアが浮かばなくなっても、脳みそから搾り出せ。

だって俺は、今の自分じゃもう物足りない。

「…………っ」

撮影メソッドの本を開く。追いつけないのに止まりたくない。拙い編集スキルなのに、完成されていくそれにドキドキが止まらない。ゾクゾク、する。

もっと本気になりたいんだ。好きになりたいんだ。映画を、自分を。

この気持ちは誰にも、観客にも、香澄にも、自分にももう曲げられない！

それは憧れていたより泥臭くて、地味で、辛くてそれなのに、気づけば顔が笑っていた。

「っ～～しゃ！　出来た‼」

まだ完成には程遠いし、調整も必要だが、どうにか形にしたかったものの原型が出来上がったのだ。

香澄のシーンに大胆なカットを挟み、大幅に作り替えたそれを香澄に送りつける。

それに既読がついたのは、わずか三秒後だった。

『ありがと。すぐ見る』

「こんな時間まで、起きててくれたのか……」

時間は朝五時。ほとんど徹夜だ。

それから、三〇分後。ちっとも眠気が来ず、ドキドキしながら香澄からの感想を待っていた俺の元に、通知の音が鳴った。

『面白かった』

香澄からの感想は、一言だったけれど。

何よりも嬉しくて、嬉しくて、ちょっと泣いた。

その一言で、救われたような気がしてしまったんだ。

「くそっ………なんなんだよ、これ」

訳も分からないまま、涙が止まらない。

やっと本物を見つけた、と。

明日学校で必ず、一番に、香澄に直接言いたいと思った。

十一・二年三組　上映名『クラスメイト』

そして、ついに迎えた文化祭本番。

「むり。吐きそう」

「蓮くん、落ち着いて」

「マジでむり。緊張で吐く」

だって誰も見にこなかったらどうしよう、とか。

琴乃の脚本は最高なのに、俺のせいで駄作になってたらどうしよう、とか。

昨日はアドレナリンで振り切っていた緊張が、当日の朝になって襲いかかってきた。

映画は、上映されている間の観客の時間、全てを奪う。それって、かなり怖いことだ。

その時間の責任は全て俺にあるということなのだから。

でもそれが覚悟であり、楽しさでもあるのだ。分かっている。

ただ、吐きそうなぐらい緊張しているだけで。

そんな俺の不安を覆すように、文化祭開始と同時に香澄ミルの在籍クラス、という触れ込みもあって、うちのクラスの出し物「クラスメイト映画館」は上映開始と同時に満員となった。

「…………奇跡だ」

「だから言ったじゃないですか、必然ですよ。誰が脚本書いて、誰が出てると思ってるんですか」

「琴乃と香澄」

「そうですよ。だから、もっと信じてくださいよね。私達のことも、自分のことも」

というのは、震える俺を、時に毒づきながらでも慰めてくれた琴乃との会話で。

俺はチケット確認を、香澄は一応マスクで変装をした上、教卓の裏に隠れて機材操作を担当しており、直接客席が見える位置にいなかったのだが、最初は香澄ミル一色だった話し声が徐々に静かになっていくのを聞いた時は嬉しくてＬＩＭＥでガッツポーズのスタンプを送りあってしまった。

映画を見終わった後、お客さんとして来てくれた生徒達が「みるふぃー目当てで来たけど想像以上に面白かった」「三組すごいな」と話しながら帰っていく姿を見た時なんてもう、もう！

「……柏木くん。なんですか、その顔」

「っ…………」

「あぁもう、泣かないでください！」

「泣いていない‼」

ただ、ちょっと目にゴミが入っただけだ。

俺たちの作品を見て、良かった、と一言言ってくれるだけで胸がポカポカして、今までの努力が全て報われたような気持ちになる。

それに、元アイドルとしての香澄ではなく、三組の生徒としての香澄を褒めている声を聞くのは、もっと嬉しい。

俺は熱くなった目頭をどうにか冷まし、香澄に「やったな！」とＬＩＭＥし、チケットを捌く業務に戻った。

まだ文化祭は始まったばかり。

もっと、もっともっと、俺たちの作品を多くの人に知って欲しい。

香澄の力だと言われないほど、ぶっちぎりで優勝したい。

「あのさ。休んでもらわないと困るから」

「「……え？」」

俺と香澄が、舞菜からそう言われたのは、大盛況で客足の絶えない教室を一度閉めきり、お昼休憩を取っていた時だった。

「二人だけずっとシフト入りっぱなしじゃん。そろそろ休んできなって」

「や、でもミルは疲れてないっていうか」

「そうそう。俺たち好きでやってることだし」

無給で働きます故、何卒。

「だからダメなの！　このワーカーホリック委員どもめ。心配なのは分かるし、お客さんの反応見たいのも分かるけどさ、ウチらにも任せて欲しいってこと」

何がなんでも働こうとする俺たちに、クラスメイトたちは、優しいからこそ厳しかった。

「どうしようもなくなったらどっちかに電話するから、二人で文化祭楽しんできたら？」

これはもう任せると言わざるを得ない流れだ。

俺たちは目を見合わせて、こくりと頷く。

「じゃあちょっと見て回ってくるけど……何かあったらすぐ電話くれていいから」

「約束だからね。ミル達、全然働きたいし」

「分かったってば。あ、そうだ。みるふぃーにはこれ貸してあげる」

「……なぁに、それ」

香澄が舞菜から渡されたのは、顔をすっぽり隠せるほど大きな黒いキャスケットだった。

「顔バレしたら大騒ぎになっちゃうでしょ。だから、これつけて行きなね」

「はーい。だっ……ありがと」

「ま、蓮がいるとはいえ、うちのクラスの姫が大変な目にあったら困るし」

「でも、ありがとう。っ大好き！」

「どういたしまして。もう流石に慣れたけど、帽子一つで大好きは役得だよねぇ」

「ううん。帽子のことなんて関係なく、好きだなぁと思ったから言ったの」

「～あーー、もう！　私が男なら完全に落ちてたから‼　早く行ってらっしゃい！」

「ふふ。行ってきます！」

香澄はキャスケットを被り、先に出口の方へ移動していた俺の元に駆け寄ってきた。

「一応言っとくけど、今のは口癖のやつじゃないからね」

それぐらいは見ていたら分かる。…………っていうか、それ以前に、いつから舞菜とそんなに打ち解けてたんだ。無神経だから聞かないけど。女子の友情は分からない。マジで。

「……別に何も言ってないだろ。じゃあ行くか。行きたいとことかある？」

「とりあえずクレープとたこ焼きと……」

「オーケー、食べ物優先な」

そう。俺たちは文化祭フードファイター、とバカなことを言いつつ、マップを見ながら歩き出したはいいものの。

「あーー。でも全部食べるとなると時間足りないかな？」

「場所バラバラだし一旦別行動する？　お互い買い出しして、どこかに集合ってことで」

「は？　それはイヤです」

ぷくーっと膨れ顔の香澄。

はいはい、そうですか。

「じゃあどっち食べたいかせーので言う？」

「えーー！　待って、どっちも捨てがたい！」

その食い意地はどこからくるんだ？

しかしここで、ぐぬぬ、と悩む香澄に救いの手が差し伸べられた。

「……もし良かったらですけど、食べます？」

「「え」」

そう、琴乃様である。

「二人が馬車馬みたいに働いてるから、差し入れようかと思って余分に買ってきたんですよ。私、二人よりも早くシフト抜けたので」

「神様……?」

いちご飴(あめ)、タピオカ、焼きそば。たこ焼きとクレープはもちろん、両手いっぱいに食べ物を抱えた琴乃は、使われていない他クラスの教室の扉をガラガラと開けた。

「ここ使っちゃいましょう。ちょうど誰もいませんし」

「え、他クラスって使っていいんだっけ」

「いいと思いますよ。知りませんけど」

「優等生……?」

「これ、どこかの馬鹿の分も香澄さんが食べてくださいね」

「わーい!!」

「あぁあ琴乃様、見捨てないでください!」

ご飯をチラつかせられたら何も言えない。

俺たちは荷物の置かれていない机を探し出し、隅の方に重ねられていた椅子を下ろして琴乃の戦利品を並べた。

その光景はまさに文化祭スペシャル。

「「「いただきまーす」」」

「って、二人ともすごい勢いですね⁉」

手を合わせると同時にスタートダッシュをきった俺と香澄を見て、琴乃はクスクス笑っている。保護者か。いや菩薩(ぼさつ)か。

「そんな油断してると全部食べるぞ、香澄が」

「蓮くんもね～。もうたこ焼き、半分ないし」

「っな⁉　買ってきたの私じゃないですか！」


完食。最高でした。


「琴乃、マジありがとう。琴乃がいなかったら確実に時間足りなかったわ」

「って、二人が早食いしたせいでまだまだ時間ありますけど」

「それは、まぁ、結果論だろ」

早食いに付き合わされた琴乃は不満そうだが、そのおかげで時間に余裕が出来た。

「じゃっ、ちょっと休んだら教室戻りますか」

「そうだね～、そうしよっか」

「また戻るんですか⁉　え、二人とも朝からシフト入ってますよね？」

信じられない、と表情で語る琴乃。

「そうだけど、俺は楽しくてやってるから」

まさか自分が、こんなセリフを言う日が来るなんて思ってもみなかった。

早くお客さんの反応が見たい。あの熱気の生まれる場所に戻りたい。

だって、仕方ないだろ。香澄に後押しされた日から、頭の中で音が鳴り止まないのだ。

身体的疲労なんて犠牲にしても、少しも惜しくない。

「で、ミルはその巻き添えね。まぁどうせ顔バレ怖いから文化祭歩き回れないし」

香澄はそう言って、仕方ない、と俺の肩に手を置いた。

「今度たこ焼きおごってくれていいよ？」

「おい」

そんなに気に入ったのか。ていうか自分で買え。

そんな俺たちの様子を見て、琴乃は目を丸くしている。

「私、まさか柏木くんからそんな言葉が聞ける日が来るとは思ってませんでした」

「俺も。人生、分かんねぇよな」

「ほんと、変わっちゃいましたね。チャレンジ精神の塊さん」

「なんで敢えて掘り返したの？」

もう忘れてくれよ‼‼

琴乃はクスクスと笑い、席を立った。

「じゃあ私もそろそろ部活の方に顔を出してきますね」

「何か出し物してんの？」

「はい華道部は、その場でお花を活けられる華道体験教室を開いているんです。結構本格派なんですよ？」

それはすごい。

素直に感心していると、琴乃がニッコリ笑った。

「まぁ、柏木くんは映画バカになっちゃったので来ないでしょうけど」

「……何か俺に恨みでもある？」

「ないですよ。本当に好きなことをするっていいなって、…………それだけです」

琴乃は途中で言葉を止めて、誤魔化すように荷物をまとめる。

「じゃあ、また後で会いましょうね」

そして、そのまま教室を出て行ってしまったので、俺たちもそろそろ戻ろう、と香澄に声をかけると。

「……琴乃ちゃんにも、相談してたの？」

「え？」

「君のこと。さっき、話してたでしょ。チャレンジ精神がどうって」

なぜか不機嫌そうにそう言う香澄。

「いや。琴乃は、俺が中学時代にいろんなのに挑戦してはやめてたのを知ってるから、なんとなく知ってるだけ。俺から詳しく話したのは香澄だけだけど」

「……………ふーん。そっか」

俺の言葉を聞いた香澄は、安心したように笑って、「いやあんな子がライバルはマジで笑えない……」とモゴモゴ言っている。

「……ライバル？」

「独り言！」

しかも、それがどうかしたのか、と聞いても「なんでもない！」の一点張りである。

もしかして、俺との共同戦線ポジションを琴乃に取られそうだとでも勘違いしたのだろうか。

やめて、俺のために争わないで…………嘘です。冗談ですそんなわけないですよね。

「じゃ！　またあとでね‼」

やけに機嫌が良くなった香澄は、スキップで持ち場へ戻っていった。

「じゃあ三組の完全勝利を祝して、カンパーイ！」

「「「カンパーイ‼」」」

文化祭で大成功を収め、ある意味当然ながらぶっちぎりの投票数で優勝した俺たちのクラスは、早速その日の帰りにみんなで打ち上げをしていた。

なんと驚くことに全員参加だ。

場所はカラオケ。個室であり香澄が顔バレしないことと、歌えて、料理も頼めることから選ばれた。しかもドリンクバー付きは学生に優しい。

「ハニートースト何個？　五個？」

「いやいや、一〇は余裕でしょ」

みんな乾杯を終えるなり、メニュー表を片手に大量のメニューを注文し出す。

文化祭の優勝賞品は金券五万円分だったので、ここで使いきってやろうという魂胆だ。

「マジで勝っちゃったな、俺ら」

「ほんとほんと。気分良すぎて、陰口言ってきたやつとかもうどうでもいい」

「それな。勝者はさ、ほら振り返らないものだから」

「いいこと言うね～～！」

「じゃあ俺、歌いまーす‼」

勝利ハイでみんな少しテンションがおかしい。

「いやいや、その前にまず我らが文化祭委員の言葉聞こうって」

「お、任せろ?」

「いらねぇ〜〜！」

「マジでいらない」

「可愛（かわい）い方の文化祭委員からだけ聞きたいんだけど」

とのことで。需要ナシ通告は少し悲しいが、確かに俺も改まって話したいことがあるわけでもないので、すっと引っ込んで香澄にマイクを渡しながら、近くのソファに座った。

「はい、マイク」

「っ……え」

「大丈夫！　一言でウチら満足するから‼」

「一言⁉　どっ、どうしよう⁉」

「こういう時は叫ぶんだよ！」

「え、え⁉」

「さぁ、どうぞ‼」

「さっ、三組最高ーーー！」

香澄の、戸惑いながらの宣言でクラスがワッとより一層盛り上がる。

「私は三組のみんなが、大好きですーーっ！」

今となっては、その言葉を笑うやつも倒れるやつもいない。

「うん、わかるよ～」

「ウチらも好きだよー！　ミルのこと！」

「おい泣くなって」

香澄はクラスメイトからの温かい反応を見て、ボロ泣きした。それはもう泣いている。

「みんな、ほんとにっ、好きぃ……」

それなのに、すごく、すごく嬉しそうだった。

「……良かったな」

柄にもなくアツいことを言って、クラスに馴染(なじ)んで、感極まって泣き出してしまう。

香澄はもう、ちゃんと『クラスメイト』だ。

俺はほんの少し目を細めて、幸せそうに笑う香澄を見つめた。

——蓮くんの『これから』も全部私にちょうだい！

そして、ふと、香澄に言われた言葉が蘇(よみがえ)る。

俺も、また明日から、本気で映画と向き合わなければならない。

今回のことでようやく気がついた。

好きだからやりたいんじゃなくて、必死にやるから好きになるんだ。独りよがりで好きになりたいと思っているだけじゃ、本物なんて手に入らないに決まっている。

もっと、もっと好きになれる。ほかの誰でもなく、香澄となら。

「よっしゃあ！　今日は歌うぞ‼」

俺は頰をパンと叩いて、自分に気合いを入れ直した。

十二.「こちらこそ」

カラオケで喉を潰しきった、その帰り道。

香澄(かすみ)がやりたいことがあるというので、俺たちは最早(もはや)定番と化した高台の公園へやってきていた。

「んん～～!!　やっぱここから見る景色は最高だねぇ」

「それな。あと、やっと解放されたっていう解放感」

「それは本当にそう」

俺たちは顔を見合わせてホッと息を吐き、買ってきたサイダーを袋から取り出した。

ぶっちゃけずっと胃が痛かった。ええ、キリキリ痛かったんですよ。

昨夜も今朝も、あからさまに食べる量減ったから親にすごい心配されたし。

と、まぁ、そんな文化祭委員生活もこれにて一件落着だ。

「じゃ！　頑張った私達にかんぱーい！」

「乾杯！」

俺たちはサイダーの缶をカチンと合わせ、口へ運ぶ。

シュワシュワと口の中で弾ける感覚が心地よい。

「染みるな」

「染みるね……」

「文化祭ショックで老化した？　俺たち」

「あはは。ドームコンサートとは別の神経使う感じあるからね」

なんて、どうでもいいことを話して、俺たちは一時間ぐらいずっとそこからの景色を眺めていた。

「それにしても時間経つの早いなぁ。先々週の君はここでウジウジ悩んでたんだもんね」

「そんなこと言ったら、そっちだって」

「あっ、この話やめよう。私の方が不利だった」

途中からはほとんど話すこともなく。

ただ、色々なことがあったなぁと、乗り越えたなぁと、感じ入るように。

「空、綺麗だな」

初夏。日が沈むのも遅くなってきた今日この頃は、五時でもまるで夏空のような明るさだった。

それが徐々に藍がかっていく様子は言葉に出来ないほど美しい。

「…………空より、ミルを見てたらいいじゃん」

「いや、見てみろって。マジで綺麗」

「…………やだ！」

「わっ⁉」

見上げていた空が、見事な桜色に染まった。

どうやら、俺が空に見惚(みと)れている隙に後ろに回り込んでいたらしい。

「ほら、これでミルちゃんを独り占めだよ」

「わーー、助かるーー」

「棒読みやめて。…………手強(てごわ)すぎじゃん」

香澄はそう言って俺の肩から手を離すと、言葉を続けた。

「ねぇ、記念に写真撮ろうよ」

そして、スクールバッグの中からコロンとしたフォルムのカメラを取り出す。

「これ、チェキっていって。インスタントカメラだから、その場で現像出来るの」

「知ってる。アイドルがよく撮ってるやつだろ？　でも、なんで今？」

文化祭の記念なら、教室で撮っても良かったはずだ。

「だってここで撮りたかったんだもん。私が君に会えた場所だから」

「…………なるほど」

出会ったばかりの頃を思うと、香澄も随分変わったものだ。

ここでチェキを撮ろうという発想になる辺りはまだみるふぃーが抜けきっていないように感じるが、そういう不器用なところは嫌いじゃない。

「いいな、撮ろう」と俺が同意すると、鮮やかな笑みを浮かべた香澄は、恐らく自撮りをするためなのだろう、カメラのレンズを自分達側に向けて持つ。

「さん」

「えっ、待てよ、ポーズとか」

「にーー」

「自分だけばっちりハートマーク作るか⁉　てかそれどうやってやんの⁉」

「ふふっ、いち」

あぁもう、こういう時にピースしか出来ない自分のレパートリーの無さが嫌になる！

「よし、出来た！」

香澄は嬉(うれ)しそうにカメラの上から出てきた写真を取ると、同じくスクールバッグから取り出したマジックペンを手に持った。

そして、何かを書き込むと、ふぅーっとインクを乾かして俺に差し出す。

そこには、幸せそうに微笑む香澄と、やけに緊張した様子の俺が写っていた。

俺はそのまま、香澄の書いた文字に目を移し――――。

「ん、なっ………!?」

「あははっ。蓮くん、ベタなやつには弱いんだぁ」

一瞬で、心臓を摑まれてしまったみたいに、息が吸えなくなった。

「……っやられた」

もう一度、手元のチェキを見やる。

『愛してる！　これからもずっと一緒にいてね？』

そこには、桜色の文字でそう書いてあった。沢山のハートマークを添えて。

「……っこの」

俺相手ならどれだけあざといことしても勘違いしないと思っているんじゃないだろうか。

いくらほとんど感謝と同義とはいえ!!!!

そりゃこっちだって、めんどくさいけどとびきりかわいい女の子と公園に二人きりっていうシチュエーションにドキドキしていないわけがないわけで!!

「ふふっ。蓮くん、真っ赤になってる」

「………そっちこそ」

「えっ⁉　嘘だよ。私が赤くなるわけないってば！」

「真っ赤だよ。あれ〜？　いつも大好きってあざとさを振りまいてるあの香澄さんが？」

「っ〜だって………愛してるなんて、初めてなんだから」

「………………え」

「それに、これはアイドル活動じゃなくて、本気のやつだから‼」

そこには、真っ赤な顔で涙目になりながら口籠もっている国民的アイドルの姿があったから。

「「…………」」

これは本当に、感謝の『好き』なのか。

そんなことを考えたら俺まで何も喋れなくなって、二人で何秒か見つめあってしまった。

あと一ミリ近づけば触れてしまいそうな距離が、もどかしくて、くすぐったくて。

「……もう一つ、言いたいことがあるの」

香澄はぎこちなくそう言って人が下に落ちないようにと、公園のへリに立てられている柵の方に少し近づく。

夏の匂いを含んだ風に、香澄の綺麗な髪がサラサラと揺れた。

「私のことを、見つけてくれてありがとう」

それは思わず、切り取ってしまいたいと思うほど。

鮮やかで、儚(はかな)い、まるで桜の花びらのような微笑みだった。

あとがき

はじめまして、もしくはお久しぶりです。

飴月(あめつき)と申します。

この度は本作を手に取ってくださり、誠にありがとうございます。

私自身アイドルが大好きで、毎日たくさん力をもらっているので、アイドルの女の子を題材にした物語が書けてとても楽しかったです。

そして、今回はめんどくさい女の子が三人も書けてすごく幸せでした。

めんどくさい女の子が一番かわいいですよね？（確信）

ところで、皆さんはアイドルのコンサートのビハインド映像などをご覧になったことはありますか？

私は初めて見た時に、いつも私達にキラキラした姿を見せてくれるアイドル達が、酸欠になっていたり、テーピングをして必死に舞台に戻る姿を見て、とても驚きました。

コンサート映像を見ている時は終始元気そうで、疲れている様子に全く気付かなかったからです。

それ以来、アイドルを見る目が変わりました。

彼女達の努力や根性、覚悟を知ってもっと好きになりました。

私はアイドルになったことがないので、その気持ちの全ては分かりませんが、ファンのために、と身や時間を削ってキラキラと光り輝く彼女達の、眩しい部分や大切な部分が少しでも、香澄ミルの中に表現できていたらいいなぁと思います。

最後に謝辞を述べさせていただきます。

ゼロから一緒に作品を作ってくださった編集さま。

瑞々しく色鮮やかなイラストを描いてくださった美和野らぐ先生。

二重表現ばかりで、致命的だった原稿を正してくださった校正の方。

印刷所の方や営業の方など、本作の出版に関わってくださった皆様。

そして何より、今このあとがきを読んでくださっているあなたへ心からの感謝を。

本当に本当にありがとうございました。

どうか、またお会い出来ますように。

二〇二二年四月　飴月

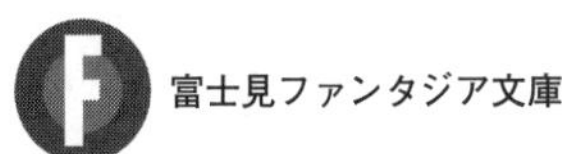

隣の席の元アイドルは、俺のプロデュースがないと生きていけない

令和４年５月20日　初版発行

著者――飴月

発行者――青柳昌行

発　行――株式会社KADOKAWA
〒102-8177
東京都千代田区富士見2-13-3
0570-002-301（ナビダイヤル）

印刷所――株式会社暁印刷

製本所――本間製本株式会社

※定価はカバーに表示してあります。
●お問い合わせ
https://www.kadokawa.co.jp/（「お問い合わせ」へお進みください）
※内容によっては、お答えできない場合があります。
※サポートは日本国内のみとさせていただきます。
※Japanese text only

ISBN978-4-04-074544-2 C0193　◇◇◇